권준택 자전적 에세이

미완성의 여운을 남기고

이 도서의 국립중앙도서관 출판예정도서목록(CIP)은 서지정보유통지원시스템 홈페이지(http://seoji.nl.go.kr)와 국가자료종합목록 구축시스템(http://kolis-net.nl.go.kr)에서 이용하실 수 있습니다.
(CIP제어번호 : CIP2020016445)

미완성의 여운을 남기고

권준택
자전적 에세이

한누리미디어

| 머리말 |

꿈 많은 어린 시절 여름날 밤 고향의 뒷동산에 오르거나 앞마당의 평상에 누워 별빛이 찬란한 밤하늘을 보았다.

수많은 별 중에 큰 별도 많고 작은 별은 더욱 많았다. 유난히 반짝이며 자기존재를 과시하는 별이 있는가 하면 겨우 형체를 알아볼 수 있을 정도의 희미한 빛을 내는 별도 있고, 이제는 수명을 다하였는지 마지막으로 '반짝' 하는 빛을 내며 사라지는 유성도 있다.

어린 마음에도 종종 '나' 라는 존재는 저 많은 별 중에 어느 별과 같은 것인가 생각해 보기도 하였다.

북두칠성과 은하수도 보였다. 저 북두칠성과 은하수는 고향의 뒷동산에서도 보았고, 수만 리 떨어진 월남 '퀴논' 지역의 '중탄산' 기슭에서도 보았으며, 강원도의 험준한 1031고지 정상에서도 보았다. 몇십 년의 세월이 흘렀어도 똑같은 북두칠성이요 은하수였다.

밤하늘을 보고 있노라니 기쁨과 슬픔, 보람과 절망으로 점철되었던 지난 일들이 주마등같이 내 눈앞을 스쳐간다.

이것을 인생이라 하는 것인가. 비록 한 인생은 오늘도 태어나고, 또 이 세상을 떠나겠지만 저 많은 별과 북두칠성 그리고 은하수는 몇십 년 아니 몇백 년, 몇천 년 후에도 길이길이 빛나고 있을 것이다.

별빛이 찬란한 밤하늘을 다시 한 번 바라본다.

나도 언젠가는 저 많은 별중의 하나가 되어 평화스럽게 잠들고 있는 이 세상을 굽어내려 보고 싶은 심정이다.

이 밤이 지나면 하루의 세월이 시작되는 밝은 해가 떠오르고 또 다시 별빛이 찬란한 밤이 올 것이다.

짧지 않은 인생의 발자취를 돌아보며 못다 이룬 꿈에 대한 '미완성의 여운' 이 있지만 오직 아들의 성공을 염원하시며 눈을 감으신 어머니께 무한한 감사를 드리고 온갖 정성으로 내조하여 준 아내와 사랑스러운 아들과 딸 그리고 나의 뒤를 이어나갈 후손들에게 이 책을 선물하고 싶다.

2020년 1월

용인 수지에서
저자 씀

차례

차례

11 35년간의 군생활을 마감하며

12 대한무역진흥공사(KOTRA)

차례

13 그 넓은 세계를 돌아보고

01

어린 시절

내 고향 구억리(九億里)

사람들은 누구나 자기가 이 세상에 태어나서 꿈 많은 어린 시절을 보냈던 고향을 잊지 못한다.

기쁠 때도 생각이 나고 슬플 때도 생각나는 것이 고향이며 명절에는 어렸을 때의 추억과 함께 고향이 더욱 그리워진다.

누구나 자기 고향이 이 세상에서 가장 평화스럽고 아름답다고 생각하지만 특히 나의 고향은 한 폭의 수채화처럼 정말로 아름다운 곳이다.

백제의 고도(古都)인 전주에서 동북쪽으로 충남 금산(錦山) 가는 길을 따라 약 8㎞ 떨어진 곳에 나의 고향 구억리(九億里)라는 마을이 있다. 멀리서 바라보아도 평화스럽고 시골에서는 제법 부촌(富村)의 냄새가 풍기는 마을이다.

행정구역상으로는 전라북도 완주군 용진면 구억리다. 마을 뒤에는 보기 좋고 오르기 좋은 높이에 마치 거북이가 앉아 있는 듯한 모습을 닮은 뒷동산이 마을을 병풍같이 둘러있어 한때는 거북이를 상징하는 뜻에서 구억리(龜億里)라고도 불렀다 한다.

그 뒷동산 아래 60여 호의 집들이 옹기종기 모여 있고, 마을 앞을 흐르는 개울 건너편에 20여 호의 집들이 있는데 우리는 여기를 '새터' 라고 불렀다.

마을 앞에는 문전옥답(門前沃畓)의 기름진 논들이 있고 논 제방을 따라 5~6m 폭의 개울물이 흐르며 마을 앞을 지나는 신작로 가에는 몇백년 동안 자라온 아름드리 느티나무들이 줄지어 서 있었다.

내가 어렸을 때만 하여도 시골부락에는 기와집이 드물었으나 우리 동네에는 20여 호 이상의 큰 기와집들이 보기 좋게 섞여 있었으며 마을 입구에도 물레방앗간이 자리 잡고 있어 꼭 한 폭의 그림 같았다.

마을 가운데를 흐르는 개울 옆에는 몇 그루의 큰 느티나무에 둘러싸인 정자가 있었는데 여름 한철 마을 사람들의 대화의 광장이 되

고 시원하고 편안한 휴식처가 되었다.

겨울이 지나고 봄이 오면 아지랑이가 피어오르고 아낙네와 처녀들이 논두렁이나 빈 밭에서 나물을 캘 때 우리는 이제 막 물이 오른 버들강아지와 수양버들 가지를 꺾어 피리를 불며 하루 종일 뛰어다녔다.

여름이면 개울과 시냇가에서 고기도 잡고 헤엄도 치며 놀다가 구수한 저녁연기가 마을을 뒤덮을 때 아쉬움을 남겨놓고 집으로 돌아오곤 하였다.

여름밤에는 종종 원두막과 과수원에 몰래 들어가 참외나 수박, 과일 서리(주인 몰래 따오는 것)를 하여 정자에 갖고 오면 어른들은 야단을 치면서도 어쩔 수 없다는 듯 함께 나누어 먹던 풍습은 당시 시골에서만 엿볼 수 있는 풍경일 것이다.

풍요로운 가을이 돌아오면 뒷동산에 올라 밤과 감을 따먹다가 주인에게 들켜서 야단도 많이 맞았으며, 겨울이 오면 봄, 여름철에 땀 흘리며 가꾸었던 오곡백과를 수확해서 저장해 놓았음으로 나름대로 풍족한 여유가 있었다.

눈이 많이 온 날에는 얼어붙은 발을 녹일 생각도 하지 않고 이 산 저 산 뛰어다니며 토끼몰이를 하였고, 밤이면 사랑방에 끼어들어 구수한 어른들의 옛 이야기도 듣다가 처마 밑에 숨어있는 참새를 잡아 구워 먹을 때면 그렇게 맛이 좋을 수 없었다.

꽁꽁 얼어붙은 시냇가에 나가 엉성하게 만든 앉은뱅이 썰매를 타다가 물에 빠져 옷이 흠뻑 젖는 바람에 제방언덕에 불을 놓아 말리다 솜바지에 불이 붙어 옷을 태우는 일도 많았고, 판자조각과 철사로 만든 외발스케이트를 타다가 넘어져 곤두박질치면서도 즐거운 시간을 보냈다.

정월대보름날에는 뒷동산에 올라 모닥불을 피워놓고 달맞이를 한 다음, 건너편 마을 소년들과 불싸움, 돌팔매 싸움도 많이 하였다.

나는 이 아름다웠던 추억들을 생각할 때마다 고향이 그리워지고 이러한 풍경들이 거의 사라진 오늘날의 시골을 생각하면 서운한 마음과 함께 아쉬움을 느끼게 된다.

집안 이야기

친척 어른들의 말에 의하면 원래 우리 집안 선조들은 한양(현 서울의 충무로지역)에서 살았는데 조선시대의 유명한 황희(黃喜) 정승이 모략을 받아 전북 남원으로 유배되었을 때 황희 정승의 큰 사위인 우리 권씨 선조께서 화를 면하려고 정착한 곳이 바로 현재의 내 고향이며 이 마을에 사는 90여 가구는 대부분 일가친척들이다.

나의 조부 권재형(權在亨) 씨는 안동권씨로 1868년 2월생이고, 조모 안성녀(安性女) 씨는 1870년 7월생이다.

조부모님께서는 다섯 아들과 세 자매를 두셨는데 우리 아버지는 셋째 아들이었으며, 아버지 형제들은 50대 이전에 세상을 떠났으니 당시 우리나라 남자의 평균수명이 42세였다 하더라도 모두 장수하지 못한 편이다.

할아버지는 천석(千石) 정도의 지주(地主)로서 당시 시골에서는 큰 부자이었으며 근검하시고 성격도 엄하셨다.

할아버지 사촌동생인 권찬성(權贊成) 씨는 만석(萬石)꾼으로 유명하셨는데 80이 넘은 나이에도 새벽에 논에 나가 논바닥에 떨어진 벼 이삭을 주워 오시는 것을 자주 보았다. 얼마나 근검하신지 어린 눈에도 감탄스러웠다.

어머니 말에 의하면 우리 아버지는 젊은 시절 서울에서 평양, 만주지역으로 자주 유람(遊覽)하시며 가사를 돌보지 않아 할아버지께 밉게 보여서 아버지 형제 중 재산을 가장 적게 받았으며 손자들에게도 별로 정을 주지 않으셨던 것으로 기억된다.

우리 외가 쪽을 보면 진천송씨(鎭川宋氏)인 외조부 송정일(宋正壹) 씨는 1879년 12월생이고, 수원백씨(水原白氏)인 외조모 백락주(白樂宙) 씨는 1879년 11월생이다.

외할아버지와 외할머니는 맏딸인 우리 어머니를 비롯하여 네 아들과 딸 둘 등 모두 6남매를 두셨다.

원래 외갓집은 전주에서 10㎞ 떨어진 완주군 구이면 평촌리이고 천석 정도의 지주로서 부잣집이었다.

외조부께서는 엄격하시면서도 일찍이 개화에 눈을 뜨셔서 외숙들을 일본의 유명한 대학에 유학을 보내셨으며 자식들과 손자들의 교육을 위해 전주시 청수정에 큰 집을 마련하여 전주에서 사셨다.

나는 친할아버지나 할머니에 대한 추억은 어렸을 때 세배 몇 번 간 기억 밖에 없으나 외할아버지 특히 외할머니에 대한 기억은 지금도 생생하다.

둥그스름하고 인자하신 얼굴 모습에 얼핏 보아도 큰 부잣집 마나님 같은 풍채가 따스함을 느낄 수 있었으며, 언제나 반갑게 맞아주시고 웃음으로 대하여 주시는 외할머니이셨다.

우리 집 이야기

나는 아버지 권이찬(權彛燦, 1899.2~1943.8) 씨와 어머니 송영규(宋永圭, 1898.2~1980.6) 씨의 여덟 남매 중 다섯째 아들로 1934년 9월 17일(음 8월 9일)에 태어났다.

제일 위로 큰누님 보옥(寶玉)을 비롯하여 성택(聖澤), 영택(永澤), 윤택(潤澤), 현택(泫澤), 그리고 나와 봉택(鳳澤), 희택(熺澤) 등이 우리 남매들인데 나는 위로 누님 한 분과 네 명의 형 그리고 두 명의 동생을 둔 것이다.

우리 집안은 자손들이 귀한 편이었으나 우리 집과 막내숙부 집은 자손이 번창하여 여러 사람의 부러움을 샀다.

내가 태어난 우리 집은 대지가 800평 정도로 앞에는 넓은 마당과 채소밭에 이어 장독대가 있었으며, 식구들이 기거하는 본채에다 별채에는 사랑방 2개가 있었다.

대문 입구에는 집안일을 도와주는 사람들이 사는 행랑채가 있었는데 경상도 합천에서 온 김종철 가족들이 살고 있었다.

아버지

어머니

옆마당에는 큰 오동나무, 감나무, 앵두나무가 뒷마당에는 자두나무, 복숭아나무가 있어서 마치 작은 과수원집 같았다.

앞마당에 있는 오동나무에서 까치가 울면 반가운 손님이 오시지 않나 하여 하루 종일 희망 속에 누군가를 기다리곤 했다. 여름에 먹구름이 끼고 비가 많이 올 듯하면 마당 곳곳에는 개미떼들이 끝없이 줄을 이어 바쁘게 돌아다녔고 어른의 큰 주먹만 한 두꺼비가 집 안으로 들어오곤 하였는데 큰비와 더불어 홍수가 나면 떠내려갈까 봐 높은 곳으로 찾아든다는 어른들의 이야기를 듣고는 자기생존성을 위하여 사전 대비하는 동물의 본성을 보는 것 같아 흥미로웠다.

나는 일곱 살까지 시골집에서 어머니와 함께 지냈다. 이때 우리 집은 전주집과 시골집으로 두 집 살림을 하고 있었다. 전주 시내에 있는 집에는 아버지를 비롯하여 큰형 가족과 셋째인 윤택형과 넷째

현택형이 전주 완산국민학교를 다니고 있었다.

시골집은 어머니가 30여 두락(1두락은 200평)의 논과 5두락 정도의 밭을 머슴을 데리고 경작하고 계셨고, 아버지는 농사일이나 시골살림에 관심이 없으셔서 전주에서 친구들과 어울리시며 시조나 읊고 장기, 바둑, 여행 등으로 소일하면서 1년에 한두 번 시골에 들르시곤 하였다.

어머니는 여름에 땀을 흘리시며 농사일을 돌보시고 가을이면 추수를 하여 전주집에 보내곤 하였으며, 조부로부터 물려받은 소작논(남에게 임대하여 주는 논)이 좋지 못하여 소작료로 받는 벼 수량도 얼마 되지 못하였다.

그러나 이때 우리 집은 화평하였고 별로 아쉬운 것 없이 부잣집이라는 소리를 들으며 행복한 생활을 하였다.

희망과 절망

나는 여덟 살이 되는 해에 전주 시내에 있는 전주초등학교에 입학하기 위하여 전주로 갔다.

전주에 도착하니 아버지께서는 웬일인지 나를 곧바로 학교에 입학시키지 않고 한문을 가르치는 서당(書堂)에 보내는 것이었다.

할 수 없이 나는 서당에서 1년쯤 한문공부를 하고 아홉 살에 전주상생공립초등학교(현, 전주초등학교)에 입학하였다. 전주에서 가장 큰 초등학교였다.

내가 초등학교에 들어갔을 때는 1942년으로 제2차 세계대전 중이었다. 일본이 최후의 발악을 하는 때이었기에 내 이름도 창씨개명되어 '오카모도 준다쿠'(岡本準澤)로 바뀌었으며 학교 교문에 들어서면 일본천황의 사진을 보관한 건물 앞에서 경례를 하여야 하고 우리 한국말을 사용하다가 선생님이나 상급생에게 들키면 어김없이 벌을 받았다.

1학년 담임선생은 나이가 서른이 넘은 한국여자 선생이었는데 일본이름으로 '도쿠다 에이코'(德田英子)였으며 웃는 모습을 거의 보지 못할 정도로 무서운 분이었다.

우리 반 학생은 70여 명 정도이었는데 내가 작은 편은 아니었고, 열다섯 살 먹은 어른 같은 학생도 몇 명 있었다. 그들의 집안 형편은 넉넉하지 못하여 언제나 점심도시락을 갖고 오지 못하였다. 먼 시골에서 통학하는 그들은 잘 사는 어린 학생에게 누룽지나 빵, 떡 같은 것을 강제로 가져오게 하여 점심을 때우곤 하였다.

나는 학교 성적도 상층에 들어갔고 몸집이 크다 하여 어른 같은 큰 학생들이 자기들 모임에 끌어들여 그들로부터 고통을 당하는 일은 없었다.

때는 전쟁 중이어서 청·장년은 일본군대에 강제로 끌려 나갔기 때문에 우리는 초등학교 학생이었는데도 보리밟기, 모내기 등의 노력동원을 많이 하였다.

노력동원을 나가 오전에 일을 하고 점심 때 쑥으로 만든 빵을 두 개씩 나누어 주는데 그렇게 맛이 좋을 수 없었다. 일본천황 생일에는 찹쌀로 만든 빵과 고무공을 하나씩 나누어 주었는데 찹쌀 빵도 맛이 있었고, 고무공을 잃어버릴까 봐 공에다 이름을 새카맣게 써 놓곤 하였다.

이때쯤 아버지께서는 좋아하시던 술도 많이 삼가시고 우리 집은 평화스러웠다. 오랫동안 살던 집이 고가(古家)가 되고 나까지 포함한 3형제가 같이 기거하는 데다 조카들이 출생하자 아버지께서는 신흥주택지에 새집을 보기 좋게 건축하여 이사를 하였다.

새집으로 이사를 하니 마음도 새로워지고 식구들은 보람찬 희망의 웃음 속에 즐거운 나날을 보내고 있었다. 그런데 이게 어찌된 일인가?

새집에 이사를 하고 우리 집이 평화스럽게 지낼 때 아버지께서 갑자기 병환이 생겨 전주제중병원에 입원하시더니 복부수술이 잘못되어 그 후유증으로 별세하셨다.

이 날이 바로 1943년 9월 20일이었으니 아버지는 45세를 일기로 이 세상을 떠나셨으며 내 나이 열 살 때이었다. 우리 집으로서는 대단한 슬픔이요, 비극이었다.

그런데 가운(家運)이 기울 징조였는지 아버지께서 별세하신 얼마 후 지방출장을 다녀온 큰형이 다시 병석에 누웠다. 큰형도 병원에 입원한 지 얼마 후인 1944년 1월 22일에 세상을 떠나니 아버지가 별세하신 후 4개월만의 일이었다. 큰형은 1918년 생으로 스물일곱 살의 나이로 이 세상을 하직한 것이다.

우리 집은 희망의 나래를 펴려는 때에 졸지에 두 가장(家長)을 잃으니 절망이 가득 차고 특히 큰형의 별세에 누구보다도 슬퍼한 사람은 어머니였다.

큰형은 어머니가 고생하시는 것을 누구보다도 잘 알고 있었으며, 항상 어머니를 위로하고 조금만 참으시면 편안하게 모시겠다고 다짐하였던 것이다. 어머니로서는 크게 기대하였던 큰아들이 졸지에 가버린 데서 오는 허망함과 슬픔이 더욱 컸으리라고 생각된다.

큰형은 원석, 원식, 문석 등 세 아들을 남겨놓고 세상을 떠났는데 조카들은 모두 열 살 미만의 어린아이였다.

아버지와 큰형을 잃은 우리 집은 전주 시내와 시골에서 이중살림이 곤란하여 어머니께서는 큰형수와 조카들에게 집을 마련하여 분가를 시켜준 후 전주집을 팔고 둘째형이 살았던 시골집에 합가(合家)

하였다. 이때가 일제치하로부터 해방되던 1945년 8월 중순경이었으며, 내가 초등학교 4학년 때이었다.

벅찬 해방의 감격과 충격이 어느 정도 가시고 학교가 다시 개학되자 나는 시골에서 전주까지 8㎞를 고무신을 신고 매일 통학하였다.

이때 우리 집 가정형편은 아버지와 큰형이 세상을 떠나고 조부로부터 상속받은 토지는 토지개혁법에 따라 헐값인 지가증권(地價證券)으로 받았으나 현금화되지 않아 경제적으로 별로 도움이 되지 못하였다.

전주집과 시골집이 합가하여 열 명이 넘는 대식구가 되자 어머니는 할 수 없이 많은 논과 밭을 팔아 집안 살림을 하셨으나 고정수입이 없어서 경제적 어려움이 가중되었다.

용진초등학교(龍進初等學校)

나는 전주초등학교를 졸업하려면 왕복 16㎞나 되는 거리를 2년 더 다녀야 하기 때문에 고향에 있는 용진초등학교로 전학하였다.

당시 시골에는 1개면에 학교가 하나뿐이고 각 학년별로 한 학급밖에 없었음으로 남녀공학이었다.

집에서 약 4㎞ 떨어진 학교에 등교해 보니 학교시설은 크지 않았으나 넓은 운동장과 운동장을 둘러싼 느티나무와 벚꽃나무들, 그리고 학교 앞을 흐르는 소양천의 맑은 시냇물이 시골풍경을 대변하는 한 폭의 그림 같았다.

우리 반에는 76명의 학생들이 있었는데 시골학교인지라 한복을 입고 다니는 학생이 많았고 결혼을 한 어른 같은 학생도 있었다.

이때에는 공책이나 연필 등의 학용품 사정이 말도 아니었다. 공책은 누런 갱지 종이를 사서 노트 만하게 잘라 끈으로 매어 썼고, 연필은 질이 매우 나빠 자주 부러지곤 하였는데 그마저 귀하여 마치 큰 보물처럼 연필마다 이름을 새겼으며 붓깍지 등을 끼워 끝까지 다 사용하였다.

그래도 학생들은 어려운 가정형편과 부족한 학용품으로 열심히 공부하였고 새끼로 만든 축구공을 열심히 차며 운동도 많이 하였다.

초등학교 학생들이었는데도 남녀공학을 실시하니 여학생들 앞에서 뽐내고 싶고 잘 보이려고 하였는데 육수자(陸秀子)라는 이름의 여학생은 얼굴도 예쁘고 부잣집 딸이어서 인기가 제일 좋았다.

졸업시에는 김점곤 학생이 1등을 하고 나는 2등을 하였다. 지금도 성심을 다하여 우리를 가르쳐 주시고 지도하셨던 최윤칠 담임선생과 황사연, 황병주, 정상균 등의 급우 모습이 아른거리고 마음껏 뛰놀던 운동장이 그립다. 나는 용진초등학교 16회 졸업생인데 나의 후배들 중에서 나보다 몇 배 더 훌륭한 사람이 배출되기를 희망한다.

중학교에 진학하고

용진초등학교를 졸업한 후 당시 명문 중학교로 알려져 있는 전주북중학교에 입학하였으나 전주공업중학교에서 교무주임으로 재직하시던 막내 외숙께서 앞으로는 기술을 배워야 성공할 수 있다 하여 할 수 없이 전주공업중학교 토목과에 전학하였다.

어머니께서는 막내 외숙이 그 학교에 계시기 때문에 학비 등의 혜택을 받을 것으로 생각하셔서 외숙의 의견에 찬성하신 것 같았다.

내가 중학교에 입학하자 어머니께서는 시골살림은 둘째형에게 맡기고 어머니와 나를 포함한 동생들 모두는 다시 전주로 나와 조그마한 셋방을 얻어 살았다.

자식들을 공부시키려는 어머니의 대단한 열의와 결심이었다. 어머니께서는 부잣집 맏딸로 태어나 남부럽지 않게 지내시다가 아버지와 결혼하신 후 집안 살림에는 무관심하셨던 아버지를 대신하여 하나에서 열까지 모든 가사를 돌보며 고생도 많이 하셨다.

이 세상 어느 어머니인들 자식들에게 쏟는 정성이야 실로 대단하겠지만 우리 어머니만큼 그 많은 자식들에 대한 애정과 사랑이 깊은 어머니는 매우 드물다고 생각한다.

당시 전주공업중학교는 오상수(吳祥洙) 교장선생님이 학교발전을 위하여 진력하고 있었다.

실업학교였기 때문에 대학 진학률이 높지 못했고 학교시설도 좋은 편이 아니었다. 교장선생님은 학생들의 학업성적을 향상시키고 실험도구와 학교시설의 확충을 위하여 백방으로 노력하는 한편 어떻게 해서든지 학교의 명예를 알리고자 취주악대와 축구부를 적극 지원하여 성과도 컸었다.

선생님들 중에서 지금까지 기억에 남는 분은 국사와 한문을 가르치셨던 송갑수(宋甲洙) 선생님이시다. 구수하고 재미있는 강의와 더불어 값있는 인생을 살 것을 강조하시면서 한문공부는 거기에 합당한 문구를 위주로 가르쳐 주셨다.

악몽의 3개월

1950년 6월 25일, 이날은 일요일이어서 식구들이 모두 집에 있었다. 정오가 조금 지났다.

셋째형이 "야! 김일성이가 남침을 하여 전쟁이 났어!"라고 일러주었다. 조금 전 정오뉴스에서 발표하였으며 우리 국군이 잘 싸우고 있다고 정부성명도 있었다는 것이다.

식구들은 전쟁이 났다는 소리에 깜짝 놀랐으나 국군이 곧 반격을 한다는 발표에 안도의 숨을 쉬었다. 우리가 꼭 승리할 것이라고 믿었다. 그러나 날이 갈수록 전해 오는 전황소식은 우리에게 불리하다는 것이었다.

한동네에 살고 있던 이웃들이 한 집 두 집 시골로 피난을 떠나기 시작하였다. 도시에 있으면 폭격도 당하고 식량도 귀해질 것이니 그래도 고향이나 시골에 있는 친척집으로 피난을 가야 한다는 것이었다.

우리 식구들도 시골집으로 전부 피난을 갔다. 우리 가족과 서울에서 내려온 매형 가족을 합치니 식구는 20명이 넘었다. 대식구가 한 집에 살게 되었다.

1950년 7월 중순, 드디어 우리 마을 정자 옆에 세워진 국기게양대에는 태극기가 내려지고 낯설은 붉은 별이 있는 인민공화국기가 게양되었다.

세상이 바뀌어짐에 따라 앞으로 어떻게 될 것인가 하는 불안과 함께 절망이 싹트기 시작하였다. 면사무소에는 인민위원회가 설치되고 경찰지서에서도 내무서원이 자리를 잡았다. 이러한 기관의 간부들은 대부분 남의 집에서 머슴살이를 하였거나 직업 없이 가난에 찌들려 배고픔 때문에 원한에 사무쳤던 사람들이 주동이 되었다.

타의에 의하여 간부직에 임명된 사람도 있었으나 대부분의 사람들은 그 무엇인가에 한이 맺혀 있거나 또는 그 누군가에게 복수를 하려는 마음가짐이었다.

내무서원들은 한결같이 몽둥이를 들고 다녔으며 이 동네 저 동네를 다니며 지난날 부자로 잘 살던 사람, 공부를 많이 했다는 지식인, 군인 및 경찰의 가족들을 잡아가고 괴롭혔다.

우리 마을에도 인민위원회가 설치되어 저녁이 되면 마을 사람들을 강제로 집합시켜 소위 인민공화국 국가와 김일성 노래, 빨치산 노래들을 가르쳤다.

매일 밤 출석을 확인하니 나가지 않을 수도 없었다. 그러나 그것보다 더 불안하고 초조한 것은 우리 집안이 과거에는 지주계급이었음으로 언제 화가 미칠지 모르는 불안감이었다. 친척어른들과 우리 집 형들도 매일 인민위원회에 불려가서 사상교육을 받고 그들이 말하는 반동분자를 잡아오라는 독촉을 받았으나 그러지를 못하여 정신적 물리적 고통을 많이 당하였다. 뿐만 아니라 인민위원회 간부들이 소달구지 몇 대를 갖고 와서 재산을 몰수한다 하며 집안의 쓸 만한 가구는 모두 실어갔다.

하루아침에 자기세상을 만난 듯한 '지방 빨갱이'로 불리는 이 사람들이 더 잔인하고 무섭게 날뛰었다. 특히 젊은 사람들이 할아버지 같은 노인들에게 '○○동무' 하며 마치 자기 아랫사람을 호칭하는 것과 같은 짓을 할 때에는 어처구니가 없었다.

그런데 다행스러운 일은 우리 마을 사람들은 이러한 와중에서도 서로 미워하는 사람이 없었고, 지난날의 감정을 갖고 인민위원회나 내무서에 동조하여 고자질하는 사람도 없었다.

부잣집 친척들이 대지주계급이었고 그 자손들도 고등교육을 받은 지식계급이었는데도 지난날 그들 집에서 머슴살이를 하였거나 소작논을 경작했던 소작인들로부터 원한에 의한 복수를 당하는 일이 없었다. 친척들은 그 어느 누구에게도 가슴에 못을 박는 나쁜 일은 안 했던 것이다.

사회적 분위기는 공포의 나날이 지속되고 18세 이상의 청년들이 의용군이라는 이름으로 끌려갔다. 군량미를 조달할 목적으로 인민위원들은 매일매일 온 동네의 집을 뒤져서 공출(供出)이라는 이름으로 식량을 약탈해 갔다.

반동분자라는 이름으로 내무서에 끌려갔던 사람들이 죽었다는 소문이 퍼지고 주민들은 식량이 모자라 주로 호박죽이나 감자로 연명하는 집이 많았다.

이러던 어느 날 전주 시내 곳곳에 태극기가 게양되었다는 소문이 돌았다. 우리 면의 인민위원이나 내무서원들도 모두 종적을 감추었다는 소식과 함께 우리 마을 국기게양대에서도 인민공화국기가 내려지고 태극기가 다시 게양되었다.

3개월 만에 다시 보는 태극기가 감격스러웠다. 악몽의 3개월이었지만 우리 마을 사람들은 다행히 한사람의 희생자도 없었다. 잘 사는 일가친척들이 평소에 못 사는 집이나 일꾼(머슴)들에게 차별하지 않고 잘해 준 덕분이었다.

02
시련, 고통 그리고 용기

농부초년생

때는 전쟁 중이어서 학교수업이 정상적으로 되지는 못하였으나 학제관계로 나는 1951년 3월에 중학교를 졸업하고 전주공업고등학교에 입학하였다. 당시 우리 집에는 논 10여 두락(약 2,000평)과 밭이 1,000여 평 정도가 있었는데 둘째형은 경찰로 들어가서 가족과 함께 부임지로 떠났다.

셋째형은 연세대학교 상과를 졸업하고 육군경리사관학교에 들어갔다가 적성이 맞지 않는다고 나와서 삼례중학교에서 교편을 잡았으나 복막염으로 세상을 떠났다. 이때의 어머님의 슬픔은 너무 크셨다. 인물도 잘 생기고 똑똑해서 셋째형에게 큰 기대를 하셨던 것이다.

넷째형은 먼 곳에서 초등학교 교사로 재직하고 있었다.

우리 집 본가에는 어머니와 나, 그리고 동생들만 남게 되었는데 문제는 농사를 지을 사람이 없는 것이었다.

6.25 전쟁 전에는 머슴이 있어서 농사짓는 데 문제가 없었는데 공

산치하가 지나간 뒤에는 머슴도 없고, 일당으로 돈을 줄 만한 여유도 없어서 막막해 하는 어머니의 애타는 모습에 눈물이 났다. 할 수 없이 나와 동생은 1년 정도 휴학하여 가사를 돌보기로 하였다.

어머니는 극구 만류하셨으나 어쩔 도리가 없었다.

봄이 되어 논에서 볍씨 뿌리는 일과 비료 주는 일만 일당을 주며 남에게 맡기고 나머지 일은 어머니와 함께 나와 동생이 다 하였다. 보리밭에 나가 보리를 베다가 서투른 낫질에 손도 자주 베었다.

제일 힘든 일은 논에서 잡초를 제거하는 김매기였다. 무더운 여름 날씨에 하루 종일 허리를 굽히고 뜨거운 태양열과 논에서 나는 지열로 구슬 같은 땀이 온몸에 비 오듯 흘러내렸고, 또 당시에는 농약이 없어서 거머리가 많아 고통스러웠다.

우리가 이렇게 고통스러울 때 나이 드신 어머니의 고통이야 얼마나 컸을 것인가? 논밭뿐 아니라 집에 돌아오셔서 밥을 지으시고 밤이면 우리 형제들의 옷을 손질하시다가 자정이 넘어 주무시는 날이 많았다.

무덥고 지루했던 여름철이 지나고 가을이 되어 벼를 베기 시작하였는데 이것도 우리에겐 힘든 일이었다.

마을 사람들은 고생을 별로 하지 않고 농사일도 처음인 우리 형제들이 일하는 것을 보고 동정도 하고 측은하게 생각하였지만 당시 사정으로서는 그들도 우리를 도와줄 만한 여유가 없었다.

그래도 정성을 들여 가꾸었던 벼와 밭농사를 수확하여 집에 쌓아 놓으면 흐뭇한 보람도 있고 시간적 여유도 생겼다.

겨울이 되면 땔감나무가 걱정이었다.

나와 동생은 땔감나무를 하기 위하여 지게를 지고 이 산 저 산을 많이도 헤매 다녔다. 서로가 책임량을 정해 놓고 열심히 하였다. 그 때 나무를 베다가 왼손을 톱에 다친 자욱이 지금도 내 손에 남아 있다. 이렇게 고생한 덕분에 그해 겨울에는 따뜻하게 지낼 수 있었다.

초가지붕을 새로 입히느라 볏짚으로 이엉도 엮었으며, 밤에는 새끼도 많이 꼬았고 볏짚으로 가마니도 짜보았다. 시골에서 하는 일은 하나에서 열까지 다 해 본 셈이다.

내가 고등학교 진학을 포기하고 농부 초년생으로 농사일을 한 지도 어느덧 1년이 지나고 1952년 3월이 돌아왔다.

불굴의 용기를 갖고

나는 다시 전주공업고등학교에 응시하였는데 농사일을 하면서도 밤에 틈을 내어 공부한 보람으로 좋은 성적을 얻어 합격하였다.

입학은 하였으나 전주 시내에서 학교를 다닐 만한 형편이 되지 못하여 8㎞나 떨어진 시골에서 친척 되는 이삼(彝三) 아저씨와 초포면에 사는 강기만(姜基萬), 이승근(李承根) 등과 같이 통학하였다.

수업이 끝나면 다른 학생들은 삼삼오오 떼를 지어 영화구경도 하고 놀러 다녔지만 나는 곧바로 집으로 돌아와 얼마동안이라도 가사를 돌보았다.

고등학교 2학년에 올라가면서 나는 나의 장래에 대하여 며칠 밤을 새우며 골몰히 생각하였다. 미리부터 내 인생항로의 목표를 정해 놓고 목표달성을 위하여 매진해야 한다는 결심이었다.

어느 날 나는 최종결심을 하였다.

육군사관학교에 들어가서 직업군인이 되어 입신양명 즉, 이 세상에 태어난 이상 내 이름 석 자를 빛내 보자는 결심이었다.

최종목표를 정하고 나니 힘과 용기가 솟는 것 같았다.

육군사관학교 진학을 목표로 정한 이유는, 첫째, 독서를 즐겨 하던 나는 영웅전과 위인전을 많이 읽어 군인에 대한 동경심이 많았고, 둘째, 우리 집안은 지극히 보수적이었기에 대대로 내려오면서 무관으로 출세한 사람은 없고 문약에 흐르고 있었으며, 셋째, 나의 성격이 비교적 쾌활하고 활동적이어서 군인기질에 알맞다고 생각하였다. 넷째, 가정형편상 일반대학에는 진학할 수 없고, 다섯째, 이 세상에 태어나 무엇인가 흔적을 남기고 보람을 남기려면 군인의 길을 걷는 것이 제일 빠른 첩경이라 생각했기 때문이었다.

육군사관학교 진학을 결심한 나는 같은 목표를 정한 집안 일가인 이삼(彝三) 아저씨와 밤늦게까지 공부하였다. '이삼' 아저씨는 초등학교와 중학교는 나의 1년 후배이었으나 중학교 졸업 후 내가 1년간 휴학을 하였기에 고등학교에서는 동급생이 되었다.

그때만 해도 시골에는 전기가 들어오지 않아 호롱불을 켜놓고 밤을 새며 공부하였다.

'이삼' 아저씨는 인정도 많고 마음씨도 좋았다. 나에게 싫은 표정 한 번 짓지 않고 밤에 군고구마나 다른 야식이 나오면 꼭 같이 나누어 먹었다. 나는 그때 그 아저씨의 고마움을 지금도 잊지 못하고 있다.

고등학교 2학년 말에 나는 나의 실력을 점검해 보기 위하여 공군사관학교 제6기생도 모집시험에 응시하였다. 시험은 대전에서 보았으며 며칠 후 1차 합격통지서가 왔다. 기쁘기도 하고 자신감도 생겼으나 처음부터 육군사관학교 합격을 목표로 하였기에 2차 시험인 구두시험에는 응하지 않았다.

특히 당시 미국의 대통령이었던 '아이젠하워' 원수가 미국육군사관학교 출신이라는 것을 알고 난 후에는 나의 결심이 더욱 굳어졌다. 고등학교 3학년이 되면서 나는 영어, 수학, 국어 등 주로 육군사관학교 시험과목에 중점을 두고 공부하였다. 드디어 육군사관학교 1차 시험인 필기시험을 대전에서 보았다.

나는 혼신의 힘을 다하여 글자 한 자 한 자에 온 정성을 쏟아 답안을 썼다. 초조하게 시험결과를 기다리던 어느 날 특수우편으로 배달된 1차 합격통지서를 받았다. 그때의 기쁨이란 이루 말로 형언할 수 없었고 눈물이 핑 돌았다. 나는 합격통지서를 몇 번이나 되풀이하여 읽어보았다.

나는 뒷동산에 올라가 목이 터져라 하고 합격의 감동을 울부짖었다. 그런데 나하고 3년간을 한방에서 공부를 하면서 서로를 격려했던 이삼 아저씨가 뜻밖에도 불합격되었다.

나는 그 아저씨가 불합격된 것이 도무지 이해가 가지 않았다. 아마도 시험시간에 당황하여 실력을 백분 발휘하지 못했던 것이 아닌가 생각된다.

정말로 안타까운 노릇이었다. 내가 아저씨로부터 덕을 본 것이 많았는데 아저씨가 합격하지 못하여 아저씨에게 미안한 생각이 들고 무어라고 위안의 말을 해야 할지 몰랐다. 나는 지정된 날짜에 서울 태릉에 있는 육군사관학교 2차 시험을 보기 위하여 말로만 듣던 서울로 갔다.

어렸을 때 들었던 향수 어린 기적소리와 칙칙폭폭 소리를 들으며 야간열차에 몸을 싣고 가면서 집을 떠날 때 배웅하시던 어머니의 모습이 떠올랐다. 2차 시험은 정밀신체검사, 체력검정 그리고 구술 시험이었다.

2차 시험을 마치고 집에 돌아온 지 며칠 후 최종합격통지서가 도착하였다. 이제는 안도의 한숨을 마음껏 몰아쉬었다.

후에 알게 된 일이지만 전국에서 5,000여 명이 응시하여 227명이 최종합격하였으니 약 25대 1의 어마어마한 경쟁률이었다.

나는 84등으로 합격하였는데 내가 기대했던 것보다 좋은 성적으로 합격한 셈이었다. 사실 나는 매일 40리라는 짧지 않은 거리를 통학하고 전기불도 아닌 호롱불 밑에서 변변한 책상도 없이 밥상을 놓고 공부하였으나 학교모의고사 성적이 좋은 것을 보고 자신을 가졌던 것이다.

뿐만 아니라 1차적인 내 인생목표가 육사에 합격하는 것이었기에 불굴의 용기를 갖고 내 마음이 잠시라도 해이되지 않도록 내 자신과 싸웠다.

동네어른들과 친구들이 진심으로 축하해 주었다.

어머니의 기뻐하시는 모습을 보고 내 자신이 대견스러웠다. 최종합격통지서를 갖고 담임선생과 교장선생에게 감사의 인사를 드렸다.

두 선생님께서 그렇게 기뻐하시고 대견해 하실 줄은 몰랐다. 특히 오상수 교장선생은 학교의 명예를 드높였다 하여 모든 선생님이 참석한 교무회의에서 나를 격려해 주셨다.

그리고 1955년 3월 22일 고등학교를 졸업하였다.

육군사관학교를 최종합격한 나는 고등학교 졸업식 날 누구도 부럽지 않았으며 떳떳하고 흐뭇하였다. 평소 가깝게 지내던 친구들이 나의 장래를 축하해 주었다.

나의 고향에는 추웠던 겨울이 지나고 따뜻하고 꽃피는 봄이 돌아왔다. 이렇게 화창하고 아름다운 봄을 맞는 것도 몇 년 만의 일 같았다. 역시 인간이란 마음이 평온하고 안정되어야 꽃도 아름답게 보이고, 시냇가에서 하늘 높이 오르며 지저귀는 종달새소리나 뒷동산에서 울어대는 뻐꾸기 울음도 아름답게 들리는 모양이었다.

육군사관학교에 입교하는 날이 7월 1일이었기에 3개월이라는 시간적 여유가 있었다. 나는 이 길지 않은 시간을 값있고 유익하게 보내려고 궁리하던 중 당시 중고등학교 학생들에게 널리 읽혀지는 '학원(學園)' 이라는 월간지에서 수필을 모집 중이기에 '고향' 이라는 제목으로 원고를 써서 보냈는데 뜻밖에도 우수작으로 입상하였다는 통지가 왔다.

내 글이 활자화된 책도 같이 동봉되었다. 나는 내가 쓴 글이지만 몇 번이고 읽어보았다. 이러한 사실을 오상수 교장선생님께 이야기하고 육군사관학교에 입교할 때까지 전북일보(全北日報) 편집국에서 무보수라도 일할 터이니 추천해 달라고 부탁드렸더니 쾌히 승낙하셨고, 며칠 후부터 나는 신문사에 출근하게 되었다. 신문사를 택한 이유는 인문과 계통에 취미가 있었을 뿐만 아니라 막연하게나마 신문사라는 곳이 어떤 곳인가 알고 싶어서였다.

나는 편집국에서 일차적으로 활자화된 글을 교정하는 업무를 맡게 되었다. 비록 보수는 없으나 열심히 일하고 배우는 것도 많았으며 재미도 있었다.

육군사관학교에 입교할 날이 가까워지자 나는 진기풍(陳基豊) 편집국장에게 사유를 이야기하고 같은 사무실에 있었던 사람들에게 작

고교시절 친구와 함께 서 있는 생도(필자)

별인사를 하였다. 모두들 "꼭 성공해라" 하며 나의 앞날을 축복해 주었다.

드디어 육군사관학교에 입교할 날이 다가왔다.

고향을 떠나던 날 어머니께서는 눈물을 흘리시며 나의 장도를 축복해 주시고 나의 모습이 보이지 않을 때까지 마을 앞에서 나를 지켜보셨다.

나는 마을에서 떨어진 시냇가 제방에서 자주 오지 못할 나의 정든 고향을 몇 번이나 바라보며 지난날을 회상하였다. 얼마 되지 않는 논과 밭이었으나 땀 흘리며 농사일을 하면서 고생했던 일, 땔감나무를 하기 위하여 숨을 몰아쉬며 넘나들던 저 많은 산, 여름이면 시냇가에서 고기를 잡아 매운탕을 끓여먹던 생각, 겨울밤이면 참새를 잡으려고 초가지붕을 더듬었던 일과 호롱불 밑에서 찬물로 잠을 쫓으며 공부했던 일 등 어느 한 가지도 추억에 남지 않는 것이 없었다.

나는 당시 유행하던 "고향이 그리워도 못 가는 신세, 저 하늘 저 산 밑에 그리운 고향……"이라는 대중가요를 마음 속으로 불렀다. 반드시 금의환향하리라는 굳은 결심을 되뇌면서 고향을 떠났다.

전주에서 서울행 야간열차를 탔다.

칙칙폭폭하며 달리는 기차 속에서 어머니의 모습과 가족들의 얼굴이 떠오르고 지난 일들이 영화의 영상처럼 눈앞을 스쳐갔다. 역시 고향을 떠난다는 것이 서글프고 어려운 일이라고 생각하였다.

기차는 전주를 떠난 이튿날 아침 서울역에 도착하였다. 육군사관학교 2차 시험 때 잠시 다녀간 서울이지만 낯이 설고 어리둥절하여 서울역 개찰구를 빠져 나오니 권이열(權彛烈) 아저씨가 마중 나와 있었다.

이 아저씨는 서울에서 학교를 다니다가 전쟁 중 전주에 피난을 하여 전주공업고등학교에 편입하였으며 한양대학교 공과대학에 합격하여 서울에 와 있었다. 나의 편지를 받고 마중 나와 준 아저씨가 반갑고 고마웠다.

용산구 원효로 2가에 있는 아저씨 집에서 친절한 대접을 받은 후 육군사관학교로 향하였다. 그 후 육군사관학교에 다니는 동안 외출이나 외박시 나는 아저씨 집을 자주 드나들었고 온 식구들이 나에게 베풀어준 고마움은 지금도 잊을 수 없다.

아저씨는 한양대학교 교수로 봉직한 후 정년퇴직하였으며 양장점을 운영하던 고모나 온 식구들이 나에게 베풀어준 고마움은 지금도 잊을 수 없다.

03

태릉의 요람에서 뜻을 키우고

기초 군사훈련

1955년 7월 1일. 육사 15기생들은 이날 육군사관학교에 입교하였다. 전국 방방곡곡에서 청운의 뜻을 품은 젊은이들이 모여들었다. 얼굴 모습도 달랐거니와 각 지방의 사투리 말소리가 생소하게 들렸다.

체력검정과 신체검사를 마치고 입학식을 거행하였다. 그런데 이 입교식은 정식 입교식이 아닌 가입교식이었으며 7월과 8월 두 달간에 걸쳐 기초 군사훈련을 실시하여 불합격자는 퇴교시키고 합격자에 한하여 9월 1일 정식 입교한다는 것이었다.

우리들을 훈련시키는 교관은 육사 교육의 특수제도에 의하여 현역이 아닌 4학년과 3학년의 선배 생도들이었다.

대대장, 중대장, 구대장 생도는 4학년(12기) 생도들이고, 분대장 생도는 3학년(13기) 생도들이었다.

우리 구대장 생도는 12기 박준병 생도이었고, 분대장 생도는 13기 강진수 생도이었다.

구대장 생도(박준병)와 필자(중앙에 서 있는 사람)

우리 신입생들은 긴장한 마음으로 고윤민(12기) 대대장 생도의 훈시를 감명 깊게 들었다.

"조국을 지키고 민족의 생존권을 보위하기 위하여 여러분은 육사에 입교하였다. 여러분은 정의를 위하여 싸워야 하고 부정부패에 대하여는 소금의 역할을 하여야 하며 불굴의 정신으로 육사혼을 면면히 이어나가야 한다"는 것이었다. 그렇게 크지 않은 키에 다부지게 생긴 얼굴 모습과 우렁찬 목소리가 우리를 압도하고 말았다. 이어서 간부 생도들의 소개가 있었으며 훈련기간 중 우리가 준수하여야 할 각종 규정에 대한 교육이 있었다.

특히 일반대학에서 볼 수 없는 육군사관학교의 특수제도에 대하여 중점을 둔 교육이었는데 명예제도, 자치제도 등에 대하여 강조하였다.

입교한 이튿날부터 우리는 고된 내무생활과 훈련에 들어갔다.

아침 6시 정각에 기상하자마자 침구를 규정대로 정돈하고 일조점호에 참석하였다. 집합시간이 늦거나 복장상태, 복명복창상태가 한 사람이라도 나쁘면 분대원 전원이 구보를 비롯한 단체기합을 받았다.

단체기합 시간이 길며 세면시간은 불과 10분 정도의 여유밖에 없었고 식사집합 시간에 늦지 않으려고 발버둥을 쳐야 했다. 보행은 직각보행을 해야 하고 식사시간에는 수저도 수직으로 올려서 직각 식사를 하는 등 로봇과 같은 행동을 하였다.

식사 후 하루의 훈련이 시작되는데 7월과 8월의 무더운 날씨에 대부분 야외훈련을 받았다. 군복은 땀으로 흥건히 젖어들고 목이 타는 듯한 갈증을 참을 수가 없었다.

육사생도 시절의 모습

저녁식사를 마친 후 한 시간의 자유시간은 일석점호시 지적받지 않으려고 병기손질, 군화손질, 보급품 정돈 등으로 눈코 뜰 새 없었다. 드디어 밤 9시 일석점호 시간에는 각자의 침대 앞에 부동자세로 서서 검열을 받는데 마치 큰 죄를 지은 피고인이 판사의 최종언도를 기다리는 듯한 불안으로 떨었다.

구대장, 분대장 생도들이 구대와 분대를 교차하여 검열하기 때문에 용서가 없었다. 이윽고 병기손질이 불량하다 하여 총을 높이 들고 서 있거나 보급품 정돈이 나쁘다 하여 정성들여 정돈한 보급품들이 공중으로 풍비박산되고, 군화손질이 불량하다 하여 군화를 입에 물고 있는 생도도 있었다. 군인정신을 주입시키고 기합을 주기 위한 검열이요, 점호인 것 같았다. 점호가 끝나면 지적사항이 많다 하여 전원 완전군장으로 연병장에 집합하여 구보를 비롯한 심한 단체기합을 받곤 했다.

기초 군사훈련을 영어로 'Beast Training' 이라고 하는데 일명 짐승(동물)을 길들이기 위한 훈련이란 뜻으로 매우 혹독하였다.

어느덧 시간은 흘러 입교한 지 한 달 반이 지나고 훈련을 총결산하는 장거리 행군이 시작되었다.

태릉에서 남한산성까지 행군과 구보를 번갈아 실시하며 왕복하는 고된 훈련이었다. 입에서는 단냄새가 나고 군복은 땀으로 범벅이 되었으며 눈앞이 가물가물하고 아른거리기도 하였다.

어떤 생도는 쓰러져서 구급차에 실려 가고 어떤 생도는 입에서 거품을 내품기도 하였다.

마지막 종점인 육군사관학교 정문에 도착하여 걷기 시작하니 가벼운 현기증과 눈앞에서 별들이 아른거렸으나 한편으로는 "드디어 해냈구나!" 하는 안도와 성취감을 느꼈다.

두 달이란 세월이 이렇게 긴 줄은 몰랐다. 너무 고통스러운 훈련이었으며 몇 명의 생도들이 이 고비를 넘기지 못하고 퇴교 처분되는 아쉬움이 있었다. 그러나 지금 생각하면 그때 그렇게 고되게 받았던 훈련의 덕택으로 군인생활을 하는 동안 많은 고통과 역경을 이겨낼 수 있었다고 생각한다.

떳떳한 사관생도

강인한 정신력과 지구력, 그리고 건강한 신체적 여건이 구비되지 않으면 도저히 견딜 수 없는 2개월 간의 기초 군사훈련 과정이 끝났다. 열사병을 앓는 신체적 고통과 불안과 공포감이 항상 가슴을 짓눌렀다. 정신적 고통을 극복하면서 단 1분의 잡념이나 긴장의 해이를 허용치 않았던 하루하루가 빨리 지나는 듯하면서도 길게도 느껴졌다.

기초 군사훈련을 마치니 정복, 예복을 비롯한 각종 보급품과 일반학과 수업을 위한 각종 교과서 및 참고서와 학용품 등을 한 아름씩 지급받았다.

1955년 9월 1일, 이제야 정식으로 떳떳한 육군사관학교 1학년 생도가 된 것이다.

정식 사관생도가 되기까지 얼마나 많고 어려운 고비를 넘겼던가!

생도대는 1개 연대본부와 2개 대대, 8개 중대로 편성되어 있었는데 나는 2대대 6중대 3소대에 편입되었다.

이때 육사 교장은 장창국(張昌國) 소장이었으며 일반학과 수업을 총관장하는 교수부장은 방희(方熙) 준장, 자치제도에 의한 생도대 생활을 책임지는 생도대장은 박창원(朴昌源) 대령이었다.

학교 교훈은 지 · 인 · 용(智仁勇)이고 사관학교만이 갖고 있는 특수제도, 즉 명예제도, 자치제도와 삼금(三禁)제도라 불리는 술, 담배, 여자관계(결혼을 뜻함)를 금하는 제도가 엄격하였다.

여러 가지 특수제도 중에서도 생도들의 정의감, 명예심, 긍지들을 함양하는 첫 번째 제도가 명예제도(honor system)인데 명예제도에 가장 많이 저촉되는 것이 허위보고, 시험시 부정행위, 흡연사항 등이며 우리 동기생중 몇 명이 4학년 말 졸업을 앞두고 이 명예제도 위반으로 퇴교당한 것은 애석한 일이었다.

둘째는 철저한 자치제도이다. 생도대장을 지휘관으로 한 현역 훈육관들은 자치제도의 활성화를 위한 지침과 방향을 제시해 줄 뿐 철저하고 엄격한 자치제도는 완전히 생도들에 의하여 운영된다.

사관생도에 의한 생도대 편성은 연대장 생도를 정점으로 하여 대대장, 중대장, 구대장, 분대장 생도 등은 4학년 생도로 보임되고 각 분대의 부분대장 생도는 3학년 생도가 담당하였는데 계급이 아닌 선후배간의 위계질서는 현역의 상하관계보다 더 권위적이고 일사불란한 명령체계이었다.

셋째는 특수한 시험제도이다. 모든 학과의 수업이 시작되면 전날 밤 각자가 자습하였을 때 의문 났던 점을 질문하고 교관의 질문에 대한 설명이 끝나면 20분 정도의 요약시험을 보는데 이것을 일일시험제도(daily system)라 하여 주말에는 주말고사, 월말에 실시하는 월말고사, 기말에 실시되는 기말고사 등이 있어서 시험의 연속이고 시험의 지옥에서 헤어나지 못하는 형편이었다.

각 학과별로 1학기동안 시험 본 결과가 100점 만점 기준에 2/3선인 67점 이상을 획득하여야만 유급이나 퇴교를 당하지 않았는데 우리는 이것을 '67고지정복' 이라 불렀다.

육사생도 시절의 모습

우리 동기생중 30여 명이 1학년 때 주로 영어와 수학 과목의 점수미달로 퇴교되었는데 이 시험제도가 얼마나 엄격하였는지를 증명하는 것이었다.

1학년 생활 중 유난히 기억에 남는 것은 우리가 기거했던 내무반은 양철로 된 퀀셋 막사였는데 여름에는 무척이나 더웠고, 겨울에는 난로를 피워도 냉기가 감돌았다.

겨울철 난로당번이 되었을 때 강추위로 고무호스가 얼어 불이 꺼지면 입으로 고무호스의 기름을 빨아 다시 난로를 피워야 했다. 동기생중 한 명이라도 제대로 못하면 단체기합으로 영하 20도가 넘는 추운 겨울밤에 '태릉탕' 이라고 이름 붙여진 연못 속에 들어가 교가나 군가를 불렀다. 연못에서 나와 연병장을 행진할 때에는 물기를 닦지 못해 온몸이 얼어붙어 추위의 감각조차 느끼지 못하였다.

이러한 정신적 육체적 단련이 결국은 자기를 위한 인내심을 기르고 고통을 극복할 수 있는 극기훈련이 된 것이라고 생각한다.

첫 방학과 2학년 생도가 되고

육군사관학교에 입교한 지 어언 6개월이라는 세월이 흐르고 1학년 학기말 시험을 치르고 나서 우리는 그렇게도 기다렸던 첫 겨울방학을 맞았다.

멋있는 생도 정복을 입고 고향에 간다는 부푼 기대 속에 얼마나 많은 어려움을 참고 견디었는지 모른다. 그러나 나는 어려움 속에서 지내는 생도생활이 재미있었고 보람을 느꼈다.

드디어 첫 겨울방학을 맞아 육사마크가 새겨진 가방을 지급받고 서울역에서 밤 9시 30분에 출발하는 여수행 준급행열차를 탔다.

이튿날 아침 7시 30분에 전주역에 도착하니 둘째형이 마중 나와 있었다. 불과 여섯 달 만에 돌아온 고향이지만 금의환향하는 기분이었다.

조상님들의 선영에 성묘를 하고 동네 어른들을 찾아뵙고 인사를 드렸다. 다음 날 모교인 전주공업고등학교를 방문하여 교장선생님을 비롯한 은사님들께 인사를 드렸더니 모두 반갑게 맞아주었다.

교장선생님은 3학년 후배들에게 좋은 이야기를 해 주라고 권하시기에 나는 그때까지 걸어온 나의 발자취를 두 시간 정도 이야기하였으며, 특히 육군사관학교의 각종 제도와 장점에 대하여 강조를 하면서 많은 후배들이 육군사관학교에 응시하기를 권장하였다.

방학기간 중에는 가깝게 지냈던 고명승, 고기택, 김철영, 최병운, 신대진 생도 등의 집을 함께 어울려서 돌아다녔는데 고기택 동기는 임관 후 얼마 되지 않아 비무장지대에서 지뢰사고로 순직하였다. 두뇌가 명석하고 인간성도 좋으며 의리가 있는 유망한 벗이었는데 안타깝기 이를 데 없다.

1학년 2학기부터는 외출이 허용되었는데 외출 후 귀대하면 일주일의 스트레스가 풀리는 것 같았고 일석점호를 마치고 자리에 누우면 당시 인기 있었던 주간연속극 '청실홍실' 이 무척이나 재미있었다.

1학년 2학기가 끝나자 우리는 약 10일간의 여름방학을 다녀오고 이제는 어엿한 2학년 생도가 되었다.

7월과 8월 두 달 동안은 광주에 있는 상무대에 내려가 보병, 포병, 기갑, 통신학교 등에서 전투병과 교육을 받았다.

광주 상무대에서 태릉에 돌아오니 기초 군사훈련으로 검게 탄 얼굴의 1학년 후배들이 있었다.

이들이 바로 16기생들인데 일반사회에서 육군사관학교에 대한 인식이 많이 달라져 서울에 있는 명문 고등학교 출신들이 많이 입교하였다.

2학년 생도의 모토는 '모범' 이었으며 토요일부터 외박도 허용되어 한결 자유스러워졌다.

보람찬 상급생도 시절

3학년에 진학하면서 생도생활은 완숙해지고 시간적, 정신적 여유가 생기면서 매일 15시부터 실시되는 자유활동 시간에는 각자의 소질이나 취미에 따라 자기가 원하는 분야에서 활동을 했다.

나는 고교시절 중고교생들에게 인기 있었던 『학원(學園)』지에 투고도 해 보았고, 육군사관학교에 입교하기 전 「전북일보」 편집부에서 일한 경험도 살려 「육사신문」에 '기초 군사훈련 체험기'를 투고했다.

이를 읽은 많은 선배들의 격려와 함께 편집부장 생도 임복기(12) 선배의 권유로 편집부에 들어갔다. 편집부에서는 매월 발행하는 『육사월보』와 1년에 한 번 발행하는 교지(校誌) 『추성』을 편집하였는데 조형도, 백동림, 이병주, 송병채 동기들이 같이 활동하였다.

나는 「육사신문」에 저명인사 탐방기사를 연재하기 위하여 당시 유명한 소설가 박종화(朴鍾和), 시인 모윤숙(毛允淑), 철학자이며 연세대 교수인 김형석(金亨錫), 합참의장 이형근(李亨根) 대장 댁 등을 방문하였다. 이들은 생도들을 위하여 귀중한 원고를 무료로 제공하여 「육사신문」에 연재하였다.

이때에 생도들은 마음 속으로 자유당 시절의 사회적 비리와 불의에 대한 비판이 많았다. 그래서 자유당 정부에 비판적인 월간지 『사상계(思想界)』를 많이들 탐독하였는데 당시 사상계사 대표이신 장준하(張俊河) 선생은 "앞으로 이 나라를 지키고 올바른 나라로 만들 사람은 육사 생도들"이라고 격려하며 외상으로 책을 주었다.

당시 학교장 이한림(李翰林) 장군은 육군사관학교의 낡은 시설들을 개선하느라 넓은 대연병장에 잔디를 심고 석벽을 쌓아 외형적으로 학교의 면모를 일신하였다.

뿐만 아니라 육사생도들이 자만심에 젖어 폐쇄되고 편협한 사고방식에서 탈피해야 한다며 일부 교과과정도 개선하고 일반 대학생들과 교류를 넓혀야 한다고 강조하였다.

고려대학교에서 주최한 모의국회(模擬國會) 토론대회에 4학년 대표생도를 참가시키고, 다음 해에는 한국국제연합회에서 주최하는 '제4회 모의UN총회' 에 나와 동기생 김오배를 참가시켜 국무총리상을 수상하였다. 실로 개방적인 생도 교육방침이었다.

뿐만 아니라 당시 자유당 정부에 비판적인 월간지 『사상계』를 생도들이 볼 수 있도록 용인한 것은 용기 있는 결단이었다.

이한림 장군은 제1야전군 사령관 재직시 5.16군사혁명이 일어나 한때 반혁명세력으로 고초를 받았으나 박정희 대통령의 인정으로 건설부장관에 취임하여 경부고속도로 건설에 큰 공로를 세웠다.

한편 나는 3학년 때 동기회장 고명승 생도의 부탁으로 동기회 부회장직을 맡으면서 동기회 명칭을 '오성회(五星會)' 로 정하고 동기

제4회 모의UN총회에 참석(둘째 줄 왼쪽에서 다섯 번째)

회지 「오성회보(五星會報)」도 매월 발간하였다.

'오성회'로 정한 것은 우리 동기생들의 육사입교시험 광고에 '육사 제5기생도 모집'이라 하였던 것을 참고한 것인데 5.16 이후 기수 명칭을 통일하여 육사15기로 바뀌었다.

생도생활의 마지막 나날들

어느덧 3학년 생도시절도 지나고 이제는 최상급생인 4학년 생도가 되었다. 4학년이 되면서 제일 먼저 부여받은 직책은 신입생(18기)에 대한 기초 군사훈련을 총괄하는 대대장 생도 직책을 맡게 되었다. 실로 책임이 크고 감개무량한 직책이었다.

바로 3년 전 내가 육군사관학교에 입교하여 기초 군사훈련을 받을 때 구대장, 중대장 생도는 말할 것 없고 한 사람뿐인 대대장 생도의 늠름하고 폐부를 찌르는 듯한 한 마디 한 마디의 말에 깊은 감명을 받아 존경의 도를 넘어 흠모의 대상이었는데 그러한 직책을 바로 나 자신이 맡게 되었으니 가슴이 벅차오르는 기쁨과 함께 내 자신이 후배들에게 어떻게 비춰질까 하는 일말의 근심도 있었다.

간부 생도들이 열심히 근무해 주니 큰 사고 없이 신입 생도들의 기초 군사훈련도 끝나고 9월 1일부터 일반학기의 제1학기가 시작되었다.

생도대는 훈련지에서 돌아온 생도들로 인하여 활기가 넘쳐 흘렀

전국대학생토론대회 참석(맨앞 줄 성용욱 생도와 함께)

고 자치근무제도에 의한 연대장 생도에는 허중오 생도, 제1대대장 생도에 최홍걸 생도, 나는 제2대대장 생도에 임명되었다.

이때 간부 생도들의 임명은 생도들의 상호평가와 훈육관의 추천에 의하여 생도 대장이 임명하고 교장의 승인을 받도록 되어 있었다.

나는 대대장 생도 직책 외에 문예공보부장 생도와 「육사신문」 및 교지를 발간하는 편집부장 생도 직책까지 맡아 눈코 뜰 새 없는 시간을 보냈다. 더욱이 학교장 이한림 장군의 지시로 '육사주최 전국대학생 토론회'를 개최하였는데 동기생 성용욱과 함께 육사 대표로 참가하는 등 눈코 뜰 새 없는 시간을 보냈다.

돌이켜 생각하면 4학년 생도시절은 보람 있는 시간의 연속이었고 나의 모든 역량과 취미를 마음껏 발산할 수 있었던 꿈같은 시절이었다.

고교시절에 어려운 사정으로 제대로 나래를 펴보지 못했던 포부와 열정을 한없이 쏟아본 시절이기도 하다.

4학년 마지막 겨울방학 때 전주에서 내 사촌누이 동생 옥선의 소개로 나의 아내를 만난 것도 이때의 일이었으며 평생을 통하여 가장 많은 꿈과 보람을 느낀 것이 4학년 생도시절이었다.

1959년 5월 27일.

이날은 졸업식과 함께 이학사 학위를 받고 육군 소위로 임관 되는 날이었다. 희망과 꿈을 안고 마음껏 젊음의 나래를 펴 보았던 4년간의 짧지 않은 사관생도 시절이 지나갔다.

육사 15기인 우리는 1955년 7월 1일 입교자 219명과 복학생 24명을 합쳐 243명이었으나 퇴교 47명, 유급 20명 등 67명의 손실이 있어 176명이 정식으로 졸업하게 되었다. 육군사관학교 교육이 얼마나 엄격하고 어려운가를 증명하는 숫자다.

육군사관학교 졸업식은 이승만 대통령 내외분을 비롯하여 3부 요인, 주한외교사절, 군장성, 선후배, 학부형들이 참석한 가운데 질서 있고 성대하게 거행되었다.

화랑연병장의 그 넓은 스탠드는 아침 일찍부터 꽉 메워지고 넓은 잔디밭 연병장에 청색 상의와 백색 하의의 예복을 입은 생도들의 대열은 마치 한 폭의 그림과 같았다. 국민의례와 상장수여, 그리고 전 졸업생이 호명과 함께 육사 교장으로부터 이학사 학위의 졸업장을 받은 후 대통령을 비롯한 3부 요인의 개별축하 악수와 함께 격려의 훈시를 들었다.

대통령 유시가 끝난 후 후배들로부터 분열을 받을 때 눈시울이 뜨거웠으며 육사의 영원한 발전을 마음 속 깊이 빌었다.

졸업식이 끝나고 장교 임관식이 거행되었다. 대한민국의 정규 사관학교 출신 육군 소위가 되는 순간이었다. 나의 졸업식에는 어머님과 현택형, 그리고 집안의 이영아저씨가 참석하였는데 그 머언 곳에서 자랑스러운 아들을 보기 위하여 낯선 곳을 찾아오신 어머님의 모습이 지금도 눈앞에 아른거리며 눈물겹도록 감사한 마음이 끊이지 않는다.

04

다이아몬드 계급장

휴전선을 지키는 최전방 소대장

육군사관학교 졸업식을 마치고 육군 소위로 임관된 동기생들은 초급장교로서 구비하여야 할 군사교육을 받기 위해 각 병과 학교에 입교하였다.

육군 소위로 임관된 우리는 육사 4년간 금지되었던 담배를 많이 피우고 술도 많이 마셨다. 통제되었던 생도 생활에서 벗어난 해방감 같은 것을 느꼈기 때문이 아닌가 생각한다.

1959년 10월 초등군사반 과정을 이수한 동기생들은 뿔뿔이 흩어져 각자 보직 받은 부임지로 떠났는데 나는 강원도 양구군 망산면에 위치한 12사단 37연대 3대대 11중대 1소대장으로 첫 보직을 받았다.

약 2개월 후 같이 갔던 동기생 백동림, 김영택, 정선호, 서달호 등은 일제히 사단 수색중대 소대장으로 보직이 변경되어 비무장지대(DMZ) 내에 위치한 최전방 초소장(GP 소대장)을 맡게 되었다. 일부 GP 초소에서 북측 병사들과 접촉하는 사고가 발생하여 소대장을 육사 출신으로 모두 교체했던 것이다.

나는 양구에서 원산에 이르는 길목의 사태리 계곡지역의 GP장이었는데 험준한 산악의 휴전선을 연하여 드문드문 휴전선 푯말이 있을 뿐이고 적의 GP도 가시거리에 있었다.

30여 명의 소대원들과 흙벽돌로 지은 막사 한 방에서 같이 숙식하며 적의 기습침투에 대비하느라 긴장의 나날을 보냈다.

험준한 산악과 이름 모를 새들이 지저귀는 외딴 산정에서 적의 동태를 감시하며 때로는 침투하는 적을 생포해 보려고 적이 올 만한 길목의 눈 위에서 몇 시간씩 엎드려 매복을 했던 기억이 지금도 잊혀지지 않는다.

어느 날 밤 꿈에 생도 때부터 친하게 지내던 고기택 소위가 고깔모자를 쓰고 춤을 추는 꿈을 꾸었는데 다음날 아침 고 소위가 지뢰사고로 순직했다는 비보를 듣고 눈물이 났다.

고기택 소위는 두뇌도 명석하고 성격이 좋은 친구이었다.

육군의장대 소대장

8.15 경축 시가 행진(맨앞이 필자)

최 전방 소대장 근무 후 나는 37연대 3대대 교육장교로 보직 변경되었는데 1961년 5.16혁명이 발발한 얼마 후이었다.

교육장교로 근무한 지 몇 개월 후 나는 다시 육군본부 의장대 소대장으로 발령이 났다. 후에 알고 보니 육사 생도시절 대대장 생도를 역임했던 사람 가운데 지명 차출되었는데 나와 최홍걸 중위가 차출된 것이다.

의장대 복장을 하고

육군의장대에서 수많은 각종 행사에 참가하며 1년이 지나자 다시 유엔군사령부 한국군 의장대장으로 보직이 변경되었다.

유엔군사령부 의장대는 미군 대위가 의장대장이었고, 미군 2개 소대, 영국군 1개 소대, 터키, 에티오피아, 태국군 등으로 편성된 UN소대가 있었으며, 내가 지휘하는 한국군 의장대는 육군 1개 소대, 공군 1개 소대, 해군과 해병으로 혼성된 1개 소대 등 3개 소대로 구성되어 있었다.

유엔군 의장대장 시절(영국군 장교와 함께)

나는 이때 미군들과 같이 생활하면서 영어공부도 많이 하였으며 그들의 생활방식과 사고방식, 교육훈련 방법 등 많은 것을 배웠다.

나는 우리 한국군이 결코 외국군에게 뒤떨어지지 않으려고 내무생활이나 훈련시 열심히 지도하였다. 미군들도 이러한 나의 노력을 인정하여 '멜로이' 유엔군사령관 겸 8군사령관의 표창장과 감사장을 받았으며, 미육군특수전학교의 대비정규전과정 입교 추천으로 도미(渡美) 유학을 가게 되었다.

교육장소는 오키나와에 있는 'MATSUDA RANGE' 라는 미육군특수전학교의 분교였다.

산악지역에 둘러싸인 분교에서 2개월간은 '공산주의 이론', '비정규전', '대비정규전' 등의 이론교육을 받고 4개월간은 실전과 같은 고된 훈련을 받았다. 교관들은 월남에서 전투한 경험이 있는 숙

련된 베테랑들이었다.

주 훈련내용은 적지역에서 비정규전을 실시하는 내용이었는데 매일 힘들고 고된 훈련이었다.

6개월간의 교육을 마치고 귀국한 나는 군사정보부대로 발령이 났는데 육군본부 정보처 연합과로 파견되었다.

연합과에서 근무중 당시 정보처장이던 황종갑 장군의 보좌관으로 보직되었다.

황종갑 장군은 5.16혁명 후 국가재건최고회의 총무처장으로 있다가 육군본부 정보처장으로 보직되었는데 육사 5기생으로 훌륭한 장군이었다.

05
조국을 떠나 전쟁터로

월남참전

나는 1964년 여름 지금의 아내 홍성숙과 약혼식을 하였다.

서울 조선호텔 볼룸에서 양가친척 그리고 몇 명의 친구들이 모인 가운데 치른 조촐한 약혼식이었다.

홍성숙은 나의 고모 딸 고종사촌이며 전주여고 동기생인 옥선이가 소개하여 얼마동안 교제한 사이였고, 약혼 후 얼마 있다가 결혼하기로 마음 먹고 있었다.

그런데 1965년 한 · 미간에 한국군의 월남파병문제가 협정되어 참전부대가 맹호부대(전 수도사단)로 결정되었다.

나는 맹호부대 요원으로 참전할 것을 결심하고 지원하였으며 최초보직은 맹호사단 1연대 3대대 정보장교 직책이었다.

강원도 홍천지역에서 부대를 재편성하여 훈련을 실시하였는데 사단장은 당시 육군본부 작전 참모부장이었던 채명신 장군(육사 5기)이었고, 연대장은 김정운 대령(육사 7기), 대대장은 박경석 중령(육사생도 2기)이었다.

정보장교 시절

우리 대대는 부대대장에 한학수 소령(육사 12기), 인사장교 노영철 대위(육사 16기), 정보장교는 내가 보직되고, 작전장교 이규봉 대위(육사 16기), 군수장교에 김봉건 대위(갑종 출신), 9중대장 용영일 대위(육사 16기), 10중대장 강재구 대위(육사 16기), 11중대장 이재태 대위(육사 16기), 12중대장은 나와 동기인 방서남 대위가 보직되었으며, 소대장들은 대부분 육사 20기생들이었는데 모두 똑똑하고 능력 있는 엘리트들로 구성되어 있었다.

말단 분대로부터 부대 재편성이 완료됨에 따라 월남전에서 필요한 기초훈련부터 시작하였는데 각급부대에서 지원 차출된 병사들이라 훈련수준이 매일매일 다를 정도로 향상되었다.

나는 맹호부대 선발대로 본대보다 한 달 가량 먼저 월남으로 출발하였다. 부산에서 18,000톤급의 'GENERAL LEROY ELTIONGE' 라고 불리는 미군수송선을 탔는데 이 배에는 이봉출 장군이 지휘하는 해병대 청룡부대와 맹호부대의 선발대원이 동승하였으며 배의 규모와 시설은 대단하였다.

부산을 떠난 지 몇 시간이 지나자 우리가 탄 배는 망망대해를 가로질러 나갔다.

바닷물은 짙푸르다 못해 검게 보였고 이따금 은빛을 번쩍거리며 물결 위를 날으는 비어(飛魚)의 신기함을 보았다. 멀리서 또 한 척의 수송선인 듯한 큰 배가 지나가고 있었다. 그러한 큰 배도 이 넓은 바다에서는 낙엽 한 잎이 떠내려가는 것 같았다.

밤하늘에는 어렸을 때 고향에서 보았던 북두칠성의 모습이 그대로 보여 한때 즐겨 부르던 "남쪽 나라 십자성은 어머니 얼굴, 눈에 익은 그 모습 꿈속에 보며……"라는 콧노래와 함께 나의 눈앞에는 정든 고향의 풍경과 어머니 모습이 아른거렸다.

이따금씩 하늘을 날으는 비행기 소리를 들으며 "저 비행기는 어디서 어디로 가는 것일까?" 하는 생각도 해 보며 향수에 젖은 마음을 달래 보았다.

지금도 잊지 못할 장면은 아침 일찍 수평선 저 너머서 벌겋게 떠오르는 아침 해와 저녁 때 노을진 수평선 너머로 사라지는 석양의 광경이다.

대자연의 신비스러움을 느끼며 가도 가도 끝이 없는 듯한 이 넓은 바다에 비하면 우리 인간은 좁쌀만한 존재에 불과하다고 생각하였다.

그래서 우리는 '인생항로' 란 말을 즐겨 쓰는 것일까?

1965년 10월 2일 아침 6시.

우리를 태운 배는 월남 중부의 항구도시인 '퀴논' 항에 잠시 정박하여 맹호부대 장병들을 내려놓고 청룡부대 요원들을 싣고 다시 '캄란' 만으로 떠났다.

부두에는 당시 주월한국군 사령부 부사령관 김용휴(金容烋) 장군을 비롯한 여러 명의 한국군 장교와 미군 장교, 그리고 월남군 장교들이 우리를 환영해 주었다.

월남으로 출발하기 전 각종 매스컴과 풍문으로 베트콩에 대한 이야기를 많이 들었는데 시중에서 파는 음식에도 독극물이 들어있고 모기가 많아 말라리아 병에 걸리기 쉬우며 시내외출 등은 당분간 생각하지도 말라는 듯 긴장되고 걱정스러운 이야기를 많이 들은 탓인지 야자수와 유명한 월남 여인들의 선정적인 '아오자이' 옷자락을 보아도 별다른 감정이 들지 않았다.

그런데 월남에 도착하여 슬픈 소식을 듣고 깜짝 놀랐다. 육사 1년 후배이며 우리 대대의 10중대장이었던 강재구 대위(소령으로 추서)가 수류탄 투척 훈련중 병사가 잘못 던진 수류탄을 자기 몸으로 덮쳐 자신은 순직하고 많은 중대원들을 죽음으로부터 구했다는 것이었다.

홍천에 있을 때 그와 함께 웃고 즐기던 순간이 아른거리며 슬픔과 함께 그의 명복을 빌었다. 강재구 소령의 숭고한 군인정신을 영원히 기리기 위해 우리 대대는 '재구대대'로 불리어지게 되고 맹호부대 장병들의 전투의지는 더욱 확고해졌다.

강재구 소령 후임에는 이규봉 대위가 보직되고 대대 작전장교에는 이중형 대위(육사 16기)가 새로 보직되었다.

맹호부대 선발대원들은 30여 대의 트럭에 분승하여 맹호부대 사령부가 위치할 'NAM TANG' 지역으로 이동하여 월남에서 첫날밤을 지냈다.

1965년 10월 21일 오전 6시.

맹호부대 본대가 '퀴논' 항에 도착하였다.

나는 대대장 박경석 중령을 비롯한 재구대대 장병들을 맞아 기쁨을 나누고 대대가 위치할 'NAM TANG 3리' 로 안내하였다.

나의 직책은 정보장교이기에 첩보를 수집하기 위하여 우선 주민들과 접촉하는 대민사업부터 시작해야 한다고 생각하였다.

내가 오키나와에서 특수전 교육을 받을 때 강조되었던 "대비정규전은 군사작전, 민사작전, 그리고 심리전의 조화가 잘 이루어졌을 때 승리한다"라는 구절이 떠올랐기 때문이었다.

대대와 각 중대가 현지에 도착한 후 2~3일간의 부대정리가 끝나면서 나는 대대장에게 적극적인 대민작전 시행을 건의하여 승인을 받았다. 나는 곧바로 대대주둔지 근처에 있는 '희븐(合榮)' 부락을 찾아가 '윙덕(阮德)' 이라는 읍장을 만났다.

그는 50세의 나이에 깡마른 몸집이었으나 부지런하고 한문도 잘 알고 있어서 월남통역관을 시켜 통역하다가 이따금씩 한문을 써가며 의사를 소통하였다.

그들의 애로사항을 듣고 협조를 당부하였다.

나는 대대장에게 이들의 애로사항을 건의하여 상당한 양의 식량을 지원해 주고 군의관을 중심으로 진료반을 편성하여 부락 전체에 대한 소독과 환자들을 진료해 주었다. 처음에는 한국군에 대한 호기심과 경계심을 갖고 있던 주민들의 태도가 안도와 감사의 마음으로 변하는 것을 보고 역시 동양인은 정에 약하다는 것을 느꼈다. 며칠 후 '윙덕' 읍장이 대대로 찾아와 한국군 환영대회를 하겠다는 의

월남 최초 주둔지의 윙덕 촌장과 함께

사를 밝혀 1965년 11월 2일 '희븐' 부락의 전주민이 참석한 가운데 '열렬환영(熱烈歡迎) 대한군대(大韓軍隊)'라는 대형 플래카드를 마을 입구에 내걸고 환영대회를 개최해 주었다. 이는 한국군이 월남에 참전한 후 주민들 스스로가 실시한 최초의 뜻 깊은 행사이었다.

읍장을 통하여 주민들의 성분을 알아보았더니 그 부락에서도 몇 명이 베트콩 또는 보조요원으로 활동하다가 한국군이 온다 하여 산속으로 숨어들어 갔다는 것이었다. 마치 6.25 전쟁시 지방공산도당들이 주민들을 못살게 굴다가 국군이나 UN군이 그 지역에 주둔하면 공비들은 산속에 은거지를 구축하여 도피하였던 우리 실정과 너무 흡사하였다. 나는 대대장에게 건의하여 적극적인 대민지원과 심리전을 전개하여 이들을 귀순시키기로 계획을 수립하였다.

그들이 입산한 길목에 적십자기를 높이 게양하고 진료반을 상주시켜 이곳을 왕래하는 주민들을 친절하게 진료해 주었다. 대대에서 제작한 귀순권고전단을 주었더니 이러한 우리에 노력이 결실을 맺어 며칠 후 아버지와 아들의 부자베트콩이 자수하겠다는 연락이 왔다. 나는 부자베트콩이 오겠다는 시간에 즈음하여 진료소에서 설레이는 가슴을 조여가며 그들이 나타날 산속길을 응시하고 있는데 드디어 흰 백기를 든 부자베트콩이 소총을 높이 들고 나타났다. 긴장속에서도 감격스러운 장면이었다. 한국군이 주둔한 이후 최초로 그것도 단시일 내에 이룩한 대민작전의 성공이었다.

대대장의 기쁨은 대단하였고 상황보고를 받은 연대장 김정운 대령도 칭찬과 격려를 아끼지 않았으며 특파원들의 기사송고에 따라 국내신문에도 크게 보도되었다.

이러한 일이 있은 후 단편적이나마 부자 베트콩으로부터 몇 가지 첩보를 획득하였고 주민들과의 협조는 더욱 잘 되었다.

1966년 1월 1일 설날에 '윙덕' 읍장이 대대본부로 찾아와 보자기에 싸온 선물을 주기에 열어 보니 한문으로 '合榮邑長 阮德 大尉 權祝福 新年到來' 라고 정성껏 쓰여진 글이었다.

재구(在求)대대의 전우들

맹호부대 1연대 3대대장 박경석 중령 그는 충남 천안에서 태어나 대전고등학교 재학중인 1950년에 2년제 육군사관학교 생도 2기생으로 입교하였으나 6.25동란이 발발하여 육군종합학교로 편입되어 종합 2기생으로 임관하였다.

홍천에서 맹호부대 편성시 나는 직속상관인 그를 처음 만났다. 그를 본 순간 나는 마음 속으로 저렇게 젊은 사람이 어떻게 중령까지 빨리 되었는가 생각하였다.

나는 정보장교로서 그를 보좌하였는데 임무를 부여할 때에는 지침이 명확하고 두뇌의 회전이 빨라서 때로는 기발한 착상을 하곤 하였다.

상황판단이 적시적으로 이루어지고 한 번 결심한 사항은 물불을 가리지 않고 돌풍같이 추진하는 야전지휘관 형이었다. 전투시 부대를 지휘할 때에는 생각 이상으로 냉혹하나 전투가 끝나면 한 사람의 부하라도 더 많이 포상하려고 노력하였다.

맹호작전을 끝내고(지휘봉을 든 박경석 대대장과 상황판을 든 필자)

'재구대대장' 이라는 유명세 때문에 수많은 방문객이 대대를 찾아올 때마다 전투경과 보고나 대민사업 성공사례 등을 브리핑할 때에는 청산유수 같은 언변으로 월남에 특파된 신문방송 기자들도 감탄하였다.

다소 성격이 급하고 자기주장이 너무 강한 것이 옥의 티만큼이나 결점이라 하겠지만 시간이 조금 지난 후 다시 건의하거나 그의 결점을 말해 주면 너털웃음으로 받아주는 포용력도 있었다.

그의 탁월한 전투지휘로 월남참전 대대로서는 최초로 200정의 무기를 노획하여 부대표창을 받았으며 아군의 별다른 인명피해 없이 전과가 상승하여 참전 대대장중 처음으로 을지무공훈장을 받았다.

군인은 상관복과 부하복을 다 같이 타고 나야 한다지만 그에게는 부하복도 많아서 전 간부가 대대의 명예를 위하여 최선을 다하였다. 재구대대가 월남에서 혁혁한 전과를 올린 것도 자랑이려니와 어느 부대보다도 전투 못지 않은 성공적인 민사심리작전을 실시한 것도 사실이다.

당시 월남전은 비정규전 상태이었는데 민사심리작전을 이해하는 지휘관이 드물었다. 예를 들어 한국군 부대가 작전을 한 후 우리는 우리의 전과와 피해상황에만 관심을 갖는데 작전 후 월남군청에 가 보면 피해자 가족들로 아비규환 상태와 피해자 가족들이 울면서 호소도 하고 불만도 표시하며 군청 직원들에게 항의도 한다.

군청에서는 이러한 상황을 종합하여 도청에 보고하는 데 한국군의 잘한 점은 보고할 리가 없다.

이때에 나는 군수를 만나서 우리가 잘못한 것은 진심으로 사과하고 군수를 이해시키며 우리가 도울 수 있는 일은 즉시 조치하였다.

대대장은 나의 보고를 받는 즉시 의무반을 군청에 보내어 부상한 민간인들을 치료해 주고 대민지원용 쌀도 배급해 주는 등 최선을 다 해 주니 큰 불만이 없었다.

군청에 미군 고문관단이 파견되어 있었는데 이러한 우리의 노력을 본 고문관단 단장 DEMIO 소령도 우리에게 감사하다고 하였다.

당시 재구대대의 중대장은 육사 16기생들이 보임되었고 소대장은 주로 20기생들이 보직되어 있었다.

9중대장 용영일 대위는 두뇌회전이 빠르고 상황판단을 잘 하여 기발한 착상을 잘 하였다. 성격이 쾌활하여 그가 있는 곳에서는 항상 웃음이 뒤따랐다.

10중대장 이규봉 대위는 최초에는 작전장교로 보직되었다가 강재구 대위(소령 추서) 순직 후 중대장으로 보임되었는데 성격이 차분하고 매사에 신중하였으며 한 번 시작한 일은 기어코 매듭을 짓는 끈기가 있었다.

11중대장 이재태 대위는 다부진 체격에 순진한 듯하면서도 포부와 야망이 대단하고 섬세한 듯하면서도 우직한 면이 있었다.

'Phu-Ly' 교근리 전투시 총상을 입고 병원으로 후송되어 본인보다 부상당한 부하들을 먼저 챙기는 등 미담이 국내 일간지에 보도되어 박정희 대통령으로부터 격려친서를 받기도 하고 충무무공훈장도 받았다.

12중대장 방서남 대위는 나와 동기로 큰 체구에 어울리지 않을 정도로 순수함과 여유가 있고 어려운 일이 있을 때도 항상 앞에 서서 해결하려고 노력하는 좋은 인간성이 돋보였다.

인사장교 노영철 대위는 차분한 성격에 부여받은 임무도 끝까지 완수하는 모범장교이었으며, 작전장교 이중형 대위 역시 언제나 여유가 있고 타협적이며 심성이 착해서 그를 싫어하는 사람이 없었다.

군수장교 김봉건 대위는 대대참모중 유일하게 비육사 출신이었는데 6.25전쟁시 포로생활까지 한 참전용사이었다. 한 사람의 특이한 사람은 군의관 박제구 중위였다.

대부분의 군의관들은 보병장교들과 소원하지만 그는 전우들과 잘 어울리고 생사를 무릅쓰고 밤중에도 멀리 떨어진 소총중대의 환자를 돌보는 등 보기 드문 의사이었다.

전장에서는 전공을 세우기 위해 동료들간에 경쟁심이 유발되어 질투도 하고 인간관계가 소원해지기 쉽지만 재구대대 요원들은 그러한 사람이 한 사람도 없었고 상대방을 격려하고 위로하는 포용력이 충만하였었다.

그때 전장에서 맺어진 전우애는 오랜 세월이 지난 지금도 자주 모임을 갖고 있지만 월남 '푸칼' 에서 만났을 때와 똑같은 정감이 든다.

또한 재구대대의 소대장들은 대부분 육사 20기생들이었는데 모두 똑똑한 엘리트들로 구성되어 전과도 많이 올렸으며, 재구대대 장교 30여 명중 10명 이상이 장군으로 진급된 것도 자랑 중의 하나였다.

재구촌(在求村)을 건설하고

1965년 11월 말경, 우리 대대의 작전책임 지역이 'NAM TANG' 으로부터 'PHU-CAT' 지역으로 변경되었다. 'PHU-CAT' 지역은 월맹의 하노이시와 월남의 사이공시를 연결하는 1번 도로상에 위치하여 군사작전이나 행정상으로 중요한 지역이며 이 지역을 장악하기 위하여 월남군과 베트콩(때로는 월맹군)의 전투가 자주 있었다.

지역의 중요성으로 보아 월남 정부에서는 주월한국군 사령부에 요청하여 한국군이 이 지역을 담당하게 된 것이다. 'PHU-CAT' 마을에서 조금 떨어진 곳에 대대본부 지역을 정하였다.

9중대가 책임지역에 배치된 지 며칠 후 야간에 베트콩들은 박격포, 무반동총 등의 화기로 사격을 가해 왔으나 다행히 인명피해는 한 사람도 없었다. 베트콩들이 선제공격을 하여 한국군을 시험해 보는 것이라고 생각하였다.

우리 대대가 'PHU-CAT' 지역에 배치되면서 본격적인 작전이 개시되었다. 'PHU-CAT' 지역은 오랫동안 베트콩들이 장악했던 지역이라 주민성분도 적성화 되어 있었으며 전투가 자주 있었고 대대의 전과도 오르기 시작하였다. 그런데 적에 관한 첩보를 전혀 획득할 수 없었다. 군청에 가서 입수하는 적정은 별로 신빙성이 없었으며 한국군에 대한 주민들의 반응도 냉담하였다. 나는 이때야말로 적극적인 대민지원사업과 심리전을 실시하여 한국군이 파병된 의의와 주민들을 최대한 보호하고 도와준다는 사실을 홍보하여 한국군을 신뢰할 수 있도록 여러 가지 계획을 구상하였다.

나는 우선 먼저 'PHU-CAT' 군수인 'LOC' 대위를 만나기 위하여 군청에 있는 그의 사무실로 찾아가기로 하였다. 당시 월남은 전시 체제하에 있었기 때문에 현역 군인들이 행정기관 업무를 많이 담당하였는데 우리나라의 도지사와 같은 성장(省長)은 현역 대령 또는 중령급 장교가 임명되고 군수들은 대위 또는 중위급의 위관장교가 맡

재구촌을 방문한 주월미부사령관 윌리엄 중장 일행과 함께

고 있었다.

성장이나 군수들의 권한은 대단하였으며 입법, 행정, 사법의 삼권을 모두 행사하는 것 같았다. 월남 민병대원들이 베트콩 포로들을 생포하여 오면 몇 번의 심문 끝에 악질 포로는 군수의 명령에 의하여 처형시켜 버린다는 것이다.

월남 군청에 있는 월남군 장교들로부터 첩보를 얻으려고 부탁하면 군수의 승인 없이는 말해 줄 수 없다고 하며 우호친선을 다짐하는 행사나 대민지원도 군수와 협조하지 않으면 잘 되지도 않고 설사 행사를 하였다 하더라도 월남인들의 반응이 시원치 않아 실컷 일해 주고 욕먹는 격이었다. 우리 한국군이 죽음을 무릅쓰고 자기들을 위하여 치열한 전투를 하여 혁혁한 전과를 올려도 작전 중 가옥 몇 채가 부서졌다는 것을 이유로 베트콩을 격퇴시킨 것에 대한 감사한 마음은커녕 주민들의 진정을 받아 우리에게 항의를 하는 예가 많았다.

내가 처음 만난 'PHU-CAT' 군수 'LOC' 대위는 나와 비슷한 172㎝ 정도의 신장과 뚱뚱하지도 마르지도 않은 체격, 까무잡잡한 얼굴에 검은 반점이 하나 있는 것이 특징이었다. 첫 인상은 비교적 좋았으며 영어도 잘 하는 편이었다.

우선 나는 계급, 직책, 성명은 말해 주고 앞으로 잘 협조해 달라고 정중한 인사를 하였다. 군수도 웃으면서 순수하게 나의 제의를 받아들였다.

며칠 후 우리 대대를 방문해 달라는 요청을 하여 동의를 받고 대대에 돌아왔다. 계획대로 그가 대대를 방문하고 돌아간 며칠 후 나는 다시 'LOC' 대위를 찾아갔다. 벌써 두 번째 만나고 세 번째의 만

재구촌에서 어린이들과 주월 미군들과 함께(왼쪽 세 번째가 필자)

남이어서 우리는 친구처럼 구면이 되었으며 그날따라 무슨 좋은 일이 있었는지 기분이 좋아 보였다. 저녁식사를 같이 하자고 하여 자기 관사로 나를 안내하였다. 몇 가지의 월남음식과 맥주가 나오고 우리는 가정이야기를 비롯하여 전투에 관한 현실이야기가 계속되는 도중 그의 나이를 물었더니 1932년생으로 나보다 두 살 위였었다. 나는 즉각 "우리 의형제를 맺읍시다. 나보다 두 살 더 먹었으니 내가 형님으로 모시겠습니다"라고 제의하였다. 나의 제의에 그는 이해가 잘 안 되는 듯 고개를 갸우뚱하며 나는 다시 입을 열었다. "우리는 다 같은 동양민족이며 예의를 존중하는 나라이고 다 같이 공산주의자들과 싸우며 국토가 남북으로 분단되어 있습니다. 같은 현역 군인이라고 수만 리 떨어진 이곳에서 의형제로 인연을 맺는 것이 얼마나 의의 있는 일입니까?" 하였더니 그는 통쾌한 웃음과 함께 "OK" 하면서 맥주잔을 높이 들어 우리는 축배를 들었다. 즐거운 시간을 보내고 일어서려는 나에게 리벌버 38구경 권총 한 자루를 의형제결연 선물로 주는 것이었다. 부대에 돌아와 대대장에게 보고하였더니 몹시 기뻐하였으며 동료들도 웃으면서 격려해 주었다.

'PHU-CAT' 군수인 'LOC' 대위와 의형제 결연을 맺은 후부터는 한월간의 협조체제는 잘 이루어졌다. 'LOC' 대위가 자기 부하들에게 지시를 하였는지 첩보도 잘 알려주었고 대민지원사업 협조에도 적극적이었다.

이때쯤 '퀴논' 시 북방에 있는 '고보이' 평야와 '중탄산' 일대에서는 치열한 전투가 계속되었고, 우리 재구대대는 그 때마다 별다른 인명피해 없이 혁혁한 전과를 올렸다. 이는 어느 대대 못지 않게 장병들이 우수하고 용감하였을 뿐만 아니라 효과적인 대민지원 사업 및 심리전의 효과가 크게 작용하였던 것이다. 어떤 부대에서는 작전이 끝난 후 월남인들의 진정 때문에 크나큰 후유증을 겪는 일이 많았다.

다시 말하여 전과를 올린 지휘관들은 훈장을 타고 기뻐하였지만 작전이 끝난 후 주민들의 진정사항을 잘 수습하지 않으면 월남 정부기관이나 주민들로부터 오히려 원망을 듣거나 그 원망이 한국군에 대한 불평 내지 불만으로 변하는 것을 보았다.

나는 지엽적이고 단편적인 대민사업보다도 더 높은 차원에서 한월간의 친선을 도모하고 한국군의 인상을 깊이 새겨줄 수 있는 사업이 무엇인가를 생각한 끝에 우리 대대 작전지역의 중앙이며 1번 도로상에 위치한 'HOA HOI' 라는 부락의 재건사업을 대대적으로 실시할 것을 건의하였다. 대대장도 좋은 계획이라 하며 흔쾌히 승인한 후 폐허가 되다시피 한 이 마을에 병력과 자재를 투입하여 집을 짓고 보수하며 파손된 학교도 보수하였다. 주민들에게 쌀과 의류를 지원해 주고 뜨거운 날씨에도 정성껏 재건작업을 하였더니 처음에는 냉랭한 반응을 보이던 주민들도 복구작업에 적극적으로 참여하였다. 베트콩의 피습으로 폐허가 되다시피 하였던 부락의 면모가 완전히 달라지고 문을 닫았던 초등학교가 다시 개교하게 되니 신흥부락처럼 활기가 넘쳐 흘렀다. 1주일에 한 번 정도 장이 열리니 인근부락 주민들의 왕래가 많아 한국군에 대한 선전이 자연적으로 퍼져 나갔다. 대대장은 종종 기발한 아이디어를 창출해 내는 것이 큰 장점이었는데 이 마을을 '재구마을'로 명명하는 것이 좋겠다는 의견을 제시하여 나는 'PHU-CAT' 군수인 'LOC' 대위와 협의해 보기로 하고 그를 찾아갔다.

내가 취지를 설명하고 의견을 제시하자 나와 그렇게 친하고 가깝게 지내던 그도 처음에는 망설였다. 폐허의 마을을 재건해 주어 고맙기는 하지만 마을 이름을 한국식으로 명명하자고 하니 행정적 절차도 어렵거니와 그에게는 민족의식 같은 것이 떠오르지 않았나 하는 생각이 들었다.

사실대로 말하면 우리의 일방적인 제안이었고 반대급부를 얻으려 한다는 오해의 소지도 있었다. 월남인들은 우리와 같은 동양권에 속하는 민족이고 불교를 믿는 사람이 많아 윗사람을 공경하는 예절도 잘 지켰으며 그 참혹한 전화(戰禍) 속에서도 민족의식이 뚜렷하고 자존심이 대단하여 좀처럼 남에게 의지하지 않으려는 꿋꿋함이 있었다.

매일 울려 퍼지는 포탄과 총성에 만성이 되어버린 탓도 있지만 작전시 현장에 나가 보면 포탄이 낙하하고 총탄이 빗발치는 속에서도 뛰거나 엎드리지 않고 가족들의 손을 잡고 짐을 챙겨 유유히 안전지대로 이동하는 것을 보면 그 대담한 침착성에 놀라지 않을 수 없었다. 어떤 사람들은 날씨가 더운 지방에 사는 사람들이라 항상 마음이 느긋한 데서 오는 당연한 행동이라고 하지만 너무도 당황하지 않는 그들이 얄미울 때도 있었다.

이야기가 잠깐 빗나갔지만 나는 'LOC' 대위에게 재구촌 명명에 대하여 끈기 있게 달라붙었다. 얼마 동안 깊이 생각하던 그는 '빈딩' 성에 보고하여 결과를 통보해 주겠다고 하였다.

약 2주일이 지난 후 'LOC' 대위가 만나자는 연락을 보내왔기에 그를 찾아갔다. 그의 회답은 'HOA HOI' 라는 고유명칭의 부락명을 '재구촌' 이라는 한국식 이름으로 정식 개정은 어렵고 통상적인 호칭은 좋다는 것이었다. 나는 이 정도의 승낙을 받은 것도 큰 수확이라고 생각하였다.

대대는 'PHU-CAT' 군청과 협조하여 통상명칭의 '재구촌' 명명식을 성대하게 거행하였으며 주민들의 요청에 따라 베트콩의 보복에 대처하기 위하여 그날 밤부터 부락주변에 매복작전을 실시하면서 경계병을 배치하였다. 재구촌의 성공사례가 각종 매스컴에 의하여 전파되니 주월한국군 사령관 채명신 장군을 비롯하여 수많은 한국군 장교와 주월미군 사령부 요원, 주월미대사관 요원들이 방문하였으며 한국에서 월남을 방문하는 군장성은 물론 정계인사들도 꼭 들러가는 유명한 안내코스가 되어 버렸다. 당시 신민당 당수였던 박순천 여사와 함께 야당 국회의원들도 이곳을 방문하여 경과보고를 받고 김준연(金俊淵) 의원의 선창으로 대한민국만세를 부르는 감

재구촌을 방문한 미군 장성들(왼쪽에서 두 번째가 박경석 대대장, 네 번째가 필자)

격스러운 장면도 있었다.

특히 사이공에 주재하는 세계 각국의 특파원들이 현장취재를 하여 월남에서 대민지원의 성공사례로 보도되고 한국군의 역할을 과대하리만큼 칭찬하였다.

월남주민을 진정으로 돕겠다는 참된 마음과 열성적이고 봉사적인 작업, 그리고 샛별같이 떠오른 착상이 훌륭한 대민지원사업의 본보기로 나타난 것이다.

1965년 11월, 맹호5호 작전이 끝나고 나는 화랑무공훈장을 수여받았다. 그동안의 대민지원사업과 심리전의 성과가 인정되고 작전기간 중 피난민통제와 정보관으로서 첩보수집활동 및 수색정찰의 공로가 인정되어 훈장을 받은 것이다. 물론 그 당시에는 총 한 자루만 노획하여도 훈장이 나왔고 작전이 끝나면 각급 지휘자나 지휘관들은 훈장을 타는 경우가 많았지만 참모장교들은 좀처럼 훈표창을

PHU-CAT군수 LOC대위(왼쪽에서 두 번째가 LOC대위, 세 번째가 필자)

받지 못해 군대는 역시 지휘관 위주라는 말이 통용되었을 정도였다.

맹호5호 작전은 성공적으로 끝나고 전과도 대단하여 한국군의 용맹을 다시 한 번 떨쳤다. 그러나 맹호5호 작전이 끝나고 슬픈 이야기도 들었다. 월남에서는 각 부대의 작전책임 지역이 고정되어 있는 것이 아니고 적의 활동에 따라 수시로 변경되었다. 재구대대도 맹호5호 작전을 수행하기 위하여 작전책임 지역이 변경되어 재구촌지역에서 철수하였는데 그로부터 며칠 후 야간에 베트콩들이 재구촌을 습격하여 주민 5명을 사살하고 많은 식량과 물건들을 탈취해 갔다는 소식이었다. 재구촌 주민들이 한국군에 우호적이어서 베트콩들이 보복을 한 것이다. 나로서는 마치 공든 탑이 무너지는 것 같은 서글픈 생각이 들었다. 그뿐만이 아니었다.

'PHU-LY' 교량 근처에 주둔해 있던 9중대가 철수하고 월남군 민병대 1개 중대가 배치되어 있었는데 민병대원들이 야간에 경계를 소홀히 하여 술을 먹고 놀고 있을 때 베트콩들이 기습하여 120여 명의 민병대원들이 몰사당하고 박격포를 비롯한 모든 화기도 완전히 노획당한 일이 있었다. 'PHU-CAT' 군청으로부터 긴급요청을 받고 대대장과 12중대장 방서남 대위, 그리고 나를 포함한 일행이 현장에 도착해 보니 그렇게 비참할 수가 없었다.

문자 그대로 전멸당한 상태였었다.

몇 사람의 중환자가 신음하는 것을 보고 대대에 연락하여 군의관과 전위생병, 그리고 앰뷸런스가 동원되었다. 물론 이 지역은 재구대대의 책임지역이 아니었지만 'PHU-CAT' 군수의 간곡한 요청이 있어서 도와준 것이다.

06

전쟁터 월남 땅에서

전쟁에 지쳐 버린 월남 사람들

무더운 기후에 연유한 민족성의 탓인지는 몰라도 월남 사람들은 대부분 게으른 것 같았다. 체격도 우리 한국군을 부러워할 만큼 적고 식사량도 먹는 둥 마는 둥 많지 않으며 과일이나 나무 열매로 끼니를 때우는 사람도 있었다. 물론 사이공이나 대도시에서 호화롭게 사는 사람들을 말하는 것이 아니고 전쟁터에 살고 있는 대부분의 일반 주민들이 그렇다는 것이다.

월남은 오랫동안 프랑스의 지배하에 있었고 언제 끝날 줄 모르는 전쟁의 연속상황 속에서 주민들은 지쳐 있었다. 웬만한 포성이나 총성이 들려와도 놀라지 않고 정부군에 생포된 베트콩들이 동물처럼 취급하는 광경을 보거나 반대로 베트콩들의 기습으로 수십 명의 민병대원들이 희생당한 현장을 목격하고도 무표정하리만큼 전쟁에 지쳐 있었다.

개간하면 옥토가 될 넓은 들판이 잡초 밭으로 버려져 있었고 그 넓은 논과 밭에 농사를 지을 만한 여력도 없었는지 부락주위의 논

밭에만 벼나 감자 정도 심어놓고 그날그날을 희망 없이 살아가는 것 같았다.

이러한 사람들에게 아무리 좋은 미사여구(美辭麗句)로 민주주의의 장점과 자유를 설명하여도 설득되지 않을 뿐만 아니라 치안이 완전히 확보되지 못하여 야간에는 베트콩들이 출몰하는 상황이라 생명의 위협을 느끼면서 정부군과 베트콩 사이에 끼어 이러지도 저러지도 못하는 주민들이 많았다. 따라서 이러한 주민들을 어떻게 해서든지 우리 편으로 끌어들여야 했기 때문에 월남전에서는 군사작전 못지 않게 민사작전과 심리전이 중요하였다.

우리는 자유월남을 돕기 위하여 파병되었으니 용감하게 싸워 혁혁한 전과를 올려서 부대의 명예와 자신의 영광을 얻는 것이 군인이라면 누구나 바라는 소망일 것이다. 그러나 한편으로는 지칠 대로 지쳐 버린 저 월남 사람들에게 한국군은 전투에서 용감할 뿐 아니라 동방예의지국의 후손들답게 예의와 도덕과 인정이 넘쳐 흐르는 훌륭한 군인상을 심어주는 것도 중요하다고 생각하였다. 나는 지금 생각하여도 신바람이 난 사람처럼 민사작전(주로 대민지원사업)을 위하여 뛰어다녔다. 물론 나의 직책이 정보관이고 민사장교(대대에는 보직이 없었음)가 아니었지만 오히려 민사장교로서 역할을 열심히 하여 민심을 안정시키고 부수적으로 적에 관한 첩보도 수집하였다. 비가 억수같이 쏟아지는 날에도 이 부락 저 부락을 돌아다니고 해가 저물고 베트콩의 기습이 있을 만한 지역도 겁 없이 돌아다녔다.

어느 날 해변가에 있는 '안광' 부락의 초등학교가 파괴되어 복구계획을 수립하려고 현장을 보고 오는데 갑자기 많은 비가 쏟아졌다. 날이 저물었으나 그곳에서 밤을 새울 수도 없어서 귀대하는데 개울을 중간쯤 건넜을 때 자동차의 시동이 꺼져 버렸다. 나의 일행은 운전병을 포함하여 3명뿐이고 주변에는 한국군이나 월남군 부대도 없었다. 더욱이 그 지역은 죽음의 계곡이라 불리는 '중탄산' 지역이기 때문에 무서운 공포가 스며들기 시작하였다.

세 사람이 있는 힘을 다하여 겨우 지프차를 끌어올리고 약간의 정비를 한 다음 출발하려는데 약 50세쯤 되어 보이는 사람이 노인을 부축하고 다가와서 태워달라는 것이었다.

'PHU-CAT' 'PHU-CAT' 하며 몸짓을 하는 것으로 보아 노인이 몹시 아파 'PHU-CAT' 에 있는 보건소까지 데려가 달라는 것임을 알았다. 두 사람을 차에 태우고 출발하면서 베트콩의 기습에 대비하여 우리 일행이 실탄을 장진하였더니 이 사람들은 자기들을 해치울지도 모른다는 공포감으로 두 손을 모아 비는 것이 아닌가!

나는 그들이 오해하고 있음을 알아채고 '베트콩' '베트콩' 하면서 총을 쏘는 시늉을 하였더니 그때서야 연신 절을 하면서 안도하는 모습이었다. 오는 도중에 또 하나의 개울을 건너야 하기 때문에 우리는 차에서 내려와 나는 그 노인을 등에 업고 건넜다. 월남인의 고유한 냄새와 땀 냄새가 코를 찔렀지만 꾹 참고 "나는 오늘도 좋은 일을 하는구나" 하며 자위하였다.

밤 10시경 'PHU-CAT' 보건소에 도착하여 내려주고 군청 내에 있는 미고문관 사무실로 가는데 조금 전 보건소에 들어갔던 두 사람이 쫓겨나는 것이 아닌가?

나는 저럴 수가 있는가 생각하여 보건소로 발길을 돌려 보건소 직원에게 환자를 돌보아달라고 부탁하였다. 온몸은 물에 젖어 한기가 들고 허기가 들어 대대에 돌아오자마자 침대에 누웠는데 그날 밤부터 며칠간 끙끙 앓으면서 꼼짝하지 못하였다. 감기와 몸살이 한꺼번에 들이닥친 것이다. 그 노인의 병세가 그 후 회복되었는지도 몰라도 나는 그때의 일이 부하의 희생 없이 큰 전과를 올린 이상의 보람을 느꼈다.

월남이 패망한 이유에는 여러 가지가 있었지만 당시 국제정세의 흐름과 반전무드에 영향을 받은 미국의 전략 등 대외적인 원인도 배제할 수 없으나 무엇보다도 전쟁에 지칠 대로 지쳐 버린 월남 국민(특히 작전지역에 거주하는 주민들)의 무감각한 자포자기 심리도 큰 요인이라고 생각한다.

정치인 및 종교인들의 알력과 고위층 인사들의 부정부패, 한쪽에서는 전쟁을 하면서도 그칠 사이 없는 반정부데모 등은 전투에 임하고 있는 현역 군인들에게까지 전의(戰意) 상실증에 걸리도록 하였다. 사회 각층의 지도급 인사들은 호의호식하며 자녀들을 외국에 유학 보내고 부정부패는 극에 달하고 월남군의 고급장교가 미국에서 도착한 군수품을 몇 십 대의 차에 싣고 그대로 베트콩들에게 팔아넘겼다는 이야기를 듣고 아연실색하지 않을 수 없었다.

전투를 하기 위하여 부대를 이동하는 월남 정규군의 대열을 보면 하사관이나 장교들이 자기 가족과 살림도구를 군용차에 싣고 행군대열에 끼여 이동하는 것은 다반지사였다.

모처럼 며칠간의 포상휴가를 얻어 '사이공'에 가보고 이곳이 오늘도 몇 백 명씩 죽어가는 전쟁하는 나라의 수도인가 하고 내 자신을 의심하였다. 휘황찬란한 밤거리에서 흘러나오는 노랫소리, 홍청대는 유흥가, 젊은 남녀들이 희희덕거리며 즐기는 모습을 볼 때에 같은 나라의 전쟁터에 사는 주민들은 마치 지옥에 사는 사람들 같은 착각을 느꼈다. 이러하니 대부분의 국민들은 정부를 믿지 않고 상호불신하며 언제인가 'PHU-CAT' 군청에 근무하는 '칸' 중위에게 "당신이 월남에서 진심으로 존경하는 사람이 누구인가?" 하고 물었을 때 그는 서슴없이 "호지명이다"라고 대답하는 것을 보고 놀라며, "월남은 전쟁에서 지고 있구나" 하고 생각하였다. 물론 월맹의 '호지명' 은 프랑스의 통치로부터 월남의 독립을 위하여 한평생을 몸바쳐 온 사람임에는 틀림없으나 자유월남인들이 싸우고 있는 월맹공산정부의 최고통치자가 아닌가?

그럼에도 월남정부군의 장교가 '호지명' 을 존경한다고 외국 장교인 나에게 거침없이 말하는 것은 뒤집어 이야기한다면 그에게는 자유월남지도자 중에서는 존경할 만한 인물이 없다는 역설적인 이야기가 되는 셈이다.

중간지도층급에 있는 간부들의 사고방식이 이러할진대 포성이 귀고막을 때리고 배고픔에 시달리는 주민들이야말로 지칠 대로 지쳐서 이래도 좋고 저래도 좋다는 식의 맹목적 삶을 하루하루 영위하는 것이었다. 신체적 결함이 없는 청년들은 모두 월남정규군이나 민병대에 징집되어 나가고 부녀자와 노약자들이 가정을 지키는 촌락민들은 오직 군대에 출정한 남편이나 아들들의 안녕을 빌고 있었으나 작전 후의 수많은 전사자들이 시체로 돌아와도 슬퍼하거나 통곡하지 않는 것도 전쟁이란 불가사리에 체념해 버린 탓이었을까?

'PHU-CAT' 지역에는 오늘도 어김없이 해가 뜨고 지련만 거미줄처럼 주름살이 얽혀 있던 그곳 주민들에게 단 하루만이라도 구김살 없는 웃음이 환히 비쳐지길 바랄 뿐이다.

여름과 겨울

월남에 도착한 지도 벌써 1년이 지났다.

어김없는 365일의 1년이란 세월이었지만 전쟁터에서 시간의 흐름 속에 보고 느낀 것도 많고 때로는 고향생각도 간절하였다. 특별한 경우를 제외하고 파월장병들은 1년이 지나면 모두 귀국하게 되어 있어 나도 귀국준비를 하였다.

그런데 어느 날 연대본부로부터 월남근무를 1년 더 연장하여 연대 민사주임 직책을 맡으라는 연락이 왔다. 나는 싫다고 하였으나 연대참모로 근무하는 선배들이 "연대장님이 자네 능력을 인정하고 지시한 사항이니 명령대로 따르는 것이 좋을 거야!"라고 설득하기에 그들의 충고에 따르기로 하였다. 당시에는 월남에서 연장근무를 희망하는 장교들도 있었고 귀국 후 다시 지원하여 2차로 파월되는 장교도 있었다. 아마도 경제적인 이유도 있었을 것이다.

더욱이 나는 대대참모직에서 연대 일반참모로 발탁되었기에 영전이라면 대단한 영전이었다. 이때 새로 부임한 연대장은 전형적인 야전지휘관인 전성각 대령(육사 8기)이었으며 연대 일반참모들은 모두 육사 12기생 선배들이었다.

지금까지는 대대참모로서 직능을 수행하였기에 활동범위가 좁았으나 이제는 연대의 전 작전책임지역 내에서 일을 하여야 했음으로 활동지역도 넓어지고 수행하여야 할 업무도 많아 매일같이 각 대대지역으로 뛰어다녀야만 했다.

내가 연대 민사주임으로 보직되어 부여받은 첫 과업은 'NAM-TANG' 지역에 위치하였던 연대본부가 'PHU-CAT' 지역으로 이동함에 따라 새로 선정된 연대본부 지역의 행정기관과 협조하는 것이었다.

1966년 11월 初, 연대본부가 이동하고 맹호 6호 작전이 실시되었으며 나는 피난민 통제 및 구호, 작전 후 대민작전 등을 성공적으로 수행하여 인헌무공훈장을 수여받았다.

맹호 6호 작전도 성공리에 끝나고 부대정비기간이 있어서 파월근무 연장자에게 특전으로 부여되는 본국휴가 명령을 받아 12월 23일 사이공 근교에 있는 '탄손누트' 공항을 출발하였다. 내가 탄 비행기는 미군용 수송기였기 때문에 난방시설이 잘 되어 있지 않아 비행기가 이륙한 지 몇 시간이 지나면서부터 추위를 느꼈다.

몇 시간 사이에 여름과 겨울이 바뀐 셈이었다.

12월 24일 밤, 김포공항에 도착하니 눈보라와 함께 세찬 북풍이 불어와서 어찌나 추운지 벌벌 떨었다. 월남에 체류하는 동안 내한능력이 감소된 느낌이었다.

김포공항에는 약혼녀인 홍성숙과 처제 등이 마중 나와 있었고, 서울시내로 가는 도중 도로변 상점들 앞에 장식된 크리스마스 트리와

약혼식을 마치고(1964. 6. 14)

징글벨 노랫소리를 들으니 마치 꿈나라에 온 것 같았다.

더욱이 밝은 표정 속에 분주하게 오가는 시민들을 볼 때에 "역시 우리나라가 제일 좋구나" 하는 생각과 함께 조국에 대한 감사를 느꼈다.

서울에 도착한 다음날부터 전에 모셨던 상사들과 친척어른들을 찾아뵙고 인사드린 후 휴가기간 중에 결혼식을 올리기로 하고 준비에 바쁜 나날을 보냈다.

1967년 1월 7일, 나와 아내는 저명한 사학가이며 6.25 전쟁시에는 국방부 정훈국장을 역임하고 동국대학교 총장과 문교부장관을 지낸 이선근(李宣根) 박사를 주례선생님으로 모시고 결혼식을 올렸다. 여러 친척 어른들과 선후배 동기생들이 축복해 주었고, 특히 지난

결혼식(이선근 박사를 주례로 모시고, 1967. 1. 7)

결혼식에서 UN군사령부 의장대의 예도행사

날 내가 근무하였던 유엔군사령부 한국군 의장대원들이 예도(禮刀)로써 축복해 주었다.

내가 아내를 처음 만난 것은 1959년 육사 4학년 시절 겨울방학 때이었으며, 1964년에 약혼을 한 후 3년 만에 결혼식을 올린 셈이다.

1965년 월남전투에 참전했기 때문에 늦어진 것이다. 이때가 내 나이 서른네 살이었으니 늦은 만혼이었고 지금 생각하면 자녀문제나 경제적인 측면에서 결혼을 늦게 하는 것은 바람직스럽지 못한 것 같다.

결혼식을 마치고 휴가기간이 끝났기에 할 수 없이 아내를 서울에 남겨놓은 채 월남으로 다시 돌아왔다.

월남에서 본국으로 휴가를 떠날 때에 휴가 중 결혼한다는 이야기는 일체 안 했었다. 전쟁터에 있는 전우들에게 미안하기도 하고 심적인 부담을 주지 않기 위해서였다.

그러나 나는 나름대로 미안한 생각이 들어 월남에서 제일 먹고 싶은 냉면을 선물하기로 하고 종로에 있는 한일관 음식점에 특별히 부탁하여 약 30명분의 냉면을 갖고 가서 모두 맛있게 잘 먹었다.

귀국선을 타고

월남 근무를 1년 연장하였으나 본국에 휴가를 다녀온 후부터는 월남생활이 지루한 생각도 들고 결혼식을 올린 후 곧바로 귀대하였기 때문에 아내 생각도 났다. 또한 귀국하여 다른 군사경력을 이수하여야 하겠기에 같은 연대본부에서 보급관으로 근무하고 있던 동기생 방서남 대위와 상의한 후 귀국하기로 결심하고 연대장에게 건의하여 승낙을 받았다.

1967년 4월 21일, 나는 맹호부대 제1연대 귀국장병 140여 명을 인솔하는 제대장이 되어 '퀴논' 항에 정박중인 귀국선에 올랐다.

18,000톤급의 수송선에 오른 우리는 '올드 랜 사인' 을 연주하는 군악대의 구슬픈 소리를 들으며 손을 흔들거나 모자를 벗어서 흔들면서 퀴논항을 서서히 떠나기 시작하였다.

18개월 전에 호기심과 두려운 마음으로 월남 땅에 첫발을 내디디었던 항구도시 '퀴논', 그때는 마음이 긴장된 상태에서 무감각한 생각으로 '퀴논' 시가를 바라보았으나 나의 눈에서 점점 멀어져가는 오늘의 '퀴논' 시가는 아쉬움과 낭만을 남겨놓고 떠나는 마도로스의 심경처럼 무엇인가 뭉클한 석별의 정을 느꼈다. 해안선을 따라 보기 좋게 줄지어 서 있는 야자수나무들, 해변길을 따라 '아오자이' 옷자락을 흩날리며 오토바이를 타고 지나가는 월남여인의 모습들, 보기 좋게 줄무늬를 놓으며 부딪치는 파도소리와 갈매기떼들, 그리고 비록 전쟁하는 나라이지만 해변가의 백사장에서 해수욕을 즐기고 있는 어린이들의 모습을 보면서 나는 마음 속으로 독백하였다.

"저렇게 평화스럽게 보이는 이 나라가 무슨 운명의 곡절로 전쟁의 처절한 고통을 당해야 하는가? 지금 이 시간에도 작전지역에서는 총성과 포성이 끊이지 않고 전사자와 부상자가 수없이 발생할 것이며 전쟁에 찌든 월남인들은 희망 없는 눈망울만 굴리고 있겠지…."

배가 퀴논항에서 점점 멀어지면서 나의 눈에는 '죽음의 계곡'이라 불리어졌던 '중탄산'과 '고보이' 평야가 어렴풋이 비쳤다.

나는 수송선 갑판 위에서 어쩌면 내 평생의 마지막이 될 월남땅 모습을 끝까지 지켜보고 있었다. '사이공 뎁푸람(아름다운 사이공)' 노랫소리가 귓가에 스며드는 느낌을 받으며 지난 18개월 동안 월남에서 일어났던 일들이 주마등처럼 눈앞에 아른거렸다.

재구대대가 최초로 주둔한 지역의 '희븐' 부락에서 있었던 한국군환영식, 맹호부대에 최초로 귀순한 아버지와 아들의 부자베트콩, 거짓 없는 웃음을 띄우며 오토바이를 타고 찾아오던 '희븐' 부락의 '윙덕' 읍장, 나와 의형제를 맺었던 'PHU-CAT' 군수 'LOC' 대위, 1번 도로상에 건설한 재구촌과 초등학교 학생들의 모습, '안꽝' 지역의 '안짱' 초등학교가 보수되어 개교하던 날 눈물 흘리던 월남 선생들의 모습, 억수같이 쏟아지는 비를 맞으며 베트콩 습격의 위험을 느끼며 귀대했던 126고지의 으슥한 골짜기, 오랜만의 포상 출장시 보았던 '사이공'의 휘황찬란한 밤거리모습, 외신기자들에게 재구대대의 유래와 전과를 신나게 브리핑하던 모습 등등…….

나는 마치 정든 고향을 떠나 머언 이국으로 가는 것 같은 착각 속에서 서운한 마음을 금할 수가 없었다. 수평선너머 붉게 물든 저녁 노을과 망망대해를 바라보며 "저 수평선을 넘고 또 넘어서면 정든 고향과 그리운 가족들이 나를 기다리는 조국이 있구나" 하는 생각과 함께 내가 정말 살아서 고국에 돌아가는 것인가 하고 자문자답하였다.

저녁식사를 마치고 다시 갑판 위에 나와 보니 밤하늘에 떠있는 북두칠성과 은하수가 보였다. 문득 고등학교 시절 암송하였던 농가월령가가 생각났다. 어쩌다 희미한 불빛과 함께 저 멀리 지나가는 배의 행선지를 물으니 월남에 가는 배라고 대답하기에 "저 배에 승선한 전원이 무사히 귀국하여 주옵소서" 하며 마음 속으로 기원하였다.

1967년 4월 25일, 약 4일간의 항해 끝에 우리는 그립던 조국의 부산항에 도착하였다. 때는 봄이어서 온 산야의 초목이 푸릇푸릇 새싹이 돋고 꽃이 피며 덥지도 춥지도 않은 기온이 온몸에 감촉되었으며 거리를 오고가는 시민들은 생동감이 넘쳐 흘러 보였다.

"역시 내 조국이 제일 좋구나" 하는 생각이 제일 먼저 떠올랐다.

제9보충대에서 귀국수속을 마치고 3주간의 휴가가 주어졌기에 서울로 올라왔다. 나의 귀국 소식을 듣고 어머니께서도 서울로 올라오셨기에 대소간의 친척들이 매일 우리 집에 모였으며 나는 월남 이야기도 들려주고 무사히 귀국했기에 간단한 잔치도 하였다.

3주간의 휴가기간 중 그동안 쌓였던 심신의 피로도 풀고 새로 보직명령을 받은 보병 제11사단에 부임하였다.

강원도 홍천에 주둔해 있는 이 사단은 황종갑(黃鍾甲) 장군이 사단장으로 부대를 지휘하고 있었는데 내가 육군본부 정보참모부에 근무했을 때 직속상관으로 모시던 분이었다.

나는 약 14개월간 정성껏 그를 보좌하였으며 황 장군은 제2군사령부 참모장으로 영전하고, 나는 1969년 4월 보병학교 고등군사반에 입교하였다.

아내는 산월이 가까워 서울에 있었는데 1969년 6월 5일 첫 아들인 성원(聖元)이가 태어났다.

첫 아들도 얻고 고등군사반에서 105명중 2등으로 졸업하여 보람된 한 해이었다.

07
봉암리의 초가집에서

동두천 봉암리의 초가집에서

1969년 7월 고등군사반을 마치고 보병 제28사단에 전속되어 유삼석(劉三錫) 장군에게 전입신고를 하였다. 유 장군은 육사 8기생으로서 두뇌가 명석하고 성품이 온화하며 상관들로부터는 언제나 우수한 장군으로 인정받았고 부하들로부터는 신뢰와 존경을 받았다.

내가 육군본부 정보참모부에 근무할 때 정보처 연합과의 과장으로 나의 직속상관이었다. 참모장 김은동 대령과 인사참모 유재규 중령도 정보참모부에서 같이 근무하였기에 우선 마음이 편하였다.

그러나 나는 오히려 이분들에게 걱정을 끼치지 않으려고 다른 사람보다 더욱 열심히 근무하였다. 매일 밤 야근을 하다시피 하였고 공휴일에도 출근하는 날이 많았다.

그런데 내 자신의 관리에 대하여는 또 한 번의 실수를 하였다. 아내는 첫 아들인 성원이가 태어난 지 얼마 되지 않고 산후조리를 하여야 했음으로 서울에 남겨두고 나 홀로 하숙을 한 것이 잘못이었다. 편식경향이 있는 나에게 하숙집 음식이 입에 맞을 리 없었다. 더욱이 밤늦게 야근을 하고 돌아와 식사를 하려면 음식은 다 식었으며 반찬이 시원치 않아 밥이 넘어가지 않았다.

나날이 계속되던 어느 날 밤 당직근무를 하다가 복부통증과 구토증을 느껴 사단의무대로 갔더니 급성간염의 진찰결과가 나왔다. 내과전문의인 안득수 군의관은 간염이 다시 재발하였기 때문에 군병원보다 민간병원에서 치료받는 것이 좋다고 하였다. 인사참모에게 간염병 치료의 권위자인 정환국 박사의 치료를 받기 위해 서울 성모병원에 입원하여야 한다는 건의도 하였다.

사단장과 인사참모의 배려로 나는 서울 성모병원에 입원하였다. 성모병원에서 한 달 반 정도 치료를 받고 퇴원 후 부대로 돌아오고 아내도 나의 건강이 염려되어 어린 아들 성원이를 데리고 따라왔다.

우리는 봉암리 초가집의 방 한 칸을 얻었다. 이 부락은 50여 호가 있는 조그마한 마을이었다.

우리가 사글세를 얻은 방은 조그마한 출입문이 하나밖에 없어서 대낮에도 호롱불을 켜야 했고 밥을 지을 때는 연기가 방안에 그득하여 문을 열어놓고 연기가 빠질 때까지 기다려야만 하였다. 바람이 부는 날에는 천정과 벽이 흔들려 무너질 것 같았고 오래된 초가지붕인지라 벌레들도 많았다. 그래도 퇴근하면 아내와 아들이 있고 언제나 따뜻하고 입에 맞는 식사를 할 수 있어서 이곳이 나의 보금자리구나 하고 생각하였다.

결혼식을 올린 후 며칠 쉬었다가 월남으로 떠났으며 귀국 후에도 전방부대에 나 혼자 있었고 보수교육기간 동안에도 하숙을 하였기에 가정의 따뜻함과 소중함을 이제야 느꼈다. 아내는 나의 건강에 무척이나 신경을 쓰고 음식 한 가지라도 정성들여 만들었으며 특히 맵고 짜게 먹던 식성을 고쳐놓았다.

몸에 좋다는 각종 보약을 계속 준비하여 복용하면서 나의 건강은 무척 좋아졌다. 건강도 완전 회복되었다. 하루 하루의 생활이 재미있었으며 왜 좀 더 빨리 아내와 같이 살림을 하지 않았나 하는 후회감도 있었다.

가정의 행복을 알고

1970년 8월 20일, 나는 육군대학 정규과정에 입교하기 위하여 가족과 함께 경남 진해로 내려갔다.

1970년 9월 1일, 우리는 입교식을 하였는데 육군대학 총장인 김익권 장군은 열심히 공부하는 것도 중요하지만 고급장교로서 호연지기(浩然之氣)를 함양하고 인격 양성과 동료들간에 우정을 쌓는 것이 더욱 바람직하다고 역설하였다. 그때는 육군대학 성적 결과가 진급 및 보직에 많은 영향을 끼쳤기에 학생들간에는 경쟁으로 인한 이기주의 경향이 있어서 그것을 염두에 두고 한 훈시이었다.

1년여 간의 육군대학 과정은 고급장교로서 갖추어야 할 군사지식과 경제분야를 포함한 일반학습 공부에 큰 도움이 되었다. 또한 가족과 함께 관사에서 생활하면서 진해시의 아름다운 풍경과 시간적 여유도 많아 즐겁고 유쾌한 나날의 연속이었다.

육군대학을 졸업하고 합동참모본부 정보국에 보직을 받았다. 아내가 성북구 정릉1동 오르막길에 있는 조그마한 집을 샀는데 깨끗하게 수리하고 대문 앞에 나의 이름이 적혀진 문패를 달았다.

'얼마나 갖고 싶어 했던 나의 집인가!'

나와 아내는 문패를 쳐다보며 스스로가 대견해 하였다. 서울에 있는 수많은 주택들을 볼 때마다 비록 조그마한 집이라도 갖고 싶어 했던 꿈이 현실로 이루어졌으니 이때의 기쁨은 실로 형언할 수 없을 정도였다. 물론 이러한 집을 갖게 되기까지에는 얼마 되지 않는 봉급에서 생활비를 저축하고 알뜰하게 살림을 한 아내의 노력 때문이었다.

근무처에서 퇴근시간이 되면 아늑한 나의 집에 빨리 가고 싶은 충동이 일었다. 이제는 어엿한 가장으로서 보람을 안고 있을 때 아내는 1971년 9월 20일 딸 성희(聖喜)를 서울 고려병원에서 출산하였다.

이로써 나와 아내는 1남 1녀의 부모가 되었으며 아내는 둘만 낳아 알뜰하게 키우기 위하여 단산하겠다고 하였다.

1971년은 나와 아내, 그리고 우리 가족에겐 행운의 한해였다. 육군대학을 졸업하고 집을 마련하였으며, 귀여운 딸도 얻고 중령 진급예정자로 선발되었다. 우리 가족들이 소망하였던 일들이 모두 이루어진 셈이었으며 이것이 인생의 행복이라는 것을 새삼스럽게 느꼈다.

부하들과 같이 웃고 울던 대대장

나는 1972년 8월 25일, 28사단 81연대 2대대장으로 보직되어 사단장인 정석윤(육사 8기) 장군과 연대장인 안교덕(육사 11기) 대령에게 전입신고를 하였다. 이때에 내가 인수 받은 대대는 철책선 경계임무를 수행하고 있었기에 최전방 대대 OP에서 간단한 이취임식을 하였다.

정식으로 중령 진급일자가 되지 않아 나는 소령 계급장을 달고 대대장 직책을 수행하게 되었는데 이것도 결코 우연치 않은 일이라고 생각하였다.

월남에서는 고참 소령급 장교가 보직되는 연대본부 일반참모직을 대위계급으로 수행하였고, 합동참모본부 근무시절에도 대령급 직위에 소령계급으로 근무하였으며, 또 다시 대대장 직책도 소령계급장을 달고 수행하게 된 것이다. 얼핏 생각하기에는 이렇게 보직되는 것이 부러운 일로 생각되기 쉬우나 군대란 계급이 서열을 좌우하기 때문에 업무협조 문제에 있어서 남모르는 고충이 많았다.

나는 대대지휘 목표로 살아 움직이는 동적 군대를 육성하고자 '생동하는 부대 육성'에 두었다. 대대 전장병이 골육지정으로 뭉쳐 말단 병사로부터 대대장에 이르기까지 같이 뛰고 노래 부르며 함성을 지르는 대대가 되자고 강조하였다.

내가 대대장으로 부임한 2개월 후에 우리 대대는 철책경계 임무를 타부대에 인계하고 '어유지리'라는 부락 근처로 이동해 왔다. 대대 전장병이 한 울타리 안에 집결되어 있어서 지휘하기가 용이하였으며, 내가 목표로 정했던 생동하는 부대로 육성할 자신이 생겼다.

제5중대장 엄주환 대위, 6중대장 강영욱 대위, 7중대장 하구환 중위, 8중대장 김형곤 대위 등은 능력 있고 어려운 임무를 부여해도 훌륭하게 수행하였다. 그런데 지금 생각하면 중대장 4명이 모두 호남 출신으로 내가 호남 출신이라 그 영향이 아닌가 생각된다.

대대장으로 부임한 지 5개월이 지나면서부터 사단 주관 사격대회와 보병대대 시험에서도 최우수대대로 선발되었다. 연대창설기념 체육대회에서도 종합우승을 하여 병사들이 나와 중대장들을 행가래치며 기마등에 태우고 2㎞ 이상을 노래 부르며 행진하였던 일들이 지금도 눈앞에 선하다.

이 무렵 안교덕 연대장은 제1야전군사령부 작전과장으로 영전하고 후임에는 수도경비사령부 작전참모인 박준병(육사 12기) 대령이 부임하였다. 우리 연대는 6개월마다 교대되는 철책선 경계임무를 수행하기 위하여 다시 최전방으로 투입되었다.

당시 최전방 막사들은 흙벽돌로 만든 토조막사(土造幕舍)이었다. 우리 대대의 임무는 비무장지대의 적 활동 감시와 무장간첩 침투방지이었다. 그런데 새로 부임한 사단장 정상만(鄭祥萬, 육사 8기) 장군은 야전근무보다 중앙정보부 등 행정분야 근무를 주로 하였기에 전방 사정에 어둡고 주로 환경정리에 중점을 두었다.

우선 토조막사를 새로 짓기 위해 벌목도 하고 브로크를 제작하였다. 야간경계 근무로 밤잠을 설쳤어도 명령에 따를 수밖에 없었다.

특히 비예산공사이었기에 자급자족하는 상태에서 병사들의 고생이 많았다. 그래도 새집을 짓고 보니 방이 비좁아 새우잠을 자던 병사들이 다소나마 편안하게 쉴 수 있게 되었다.

대대장으로 부임한 지 어언 18개월째가 되는 1973년 12월 15일, 눈 내리는 최전방 대대 OP지역에서 이임식을 하였다.

나는 그동안 충성스럽게 맡은 바 임무를 수행한 장병들에게 고맙다는 말과 함께 앞으로 더욱 잘해 달라는 부탁을 하였을 때 이취임식장에 갑자기 울음소리가 들렸다.

나는 목이 메어 이임사를 중도에 그만두고 얼른 지프차에 몸을 싣고 그 자리를 떠났다. 뒤에서 중대장과 소대장들이 "대대장님! 대대장님!" 하며 나를 부를 때 나의 눈에서는 하염없는 눈물이 흘렀다. 간첩침투에 대비해 밤잠을 설치며 고생했던 지난 날들이 눈앞을 스치고 산등성이를 연하여 쳐져 있는 철색선과 고지마다 까치집처럼 서 있는 소대막사를 뒤로 한 채 그곳을 떠났다.

경기도 포천에서

대대장직을 마치고 1974년 1월 8일, 제6군단사령부 작전계획과장으로 보직되었다. 군단장 김용휴(金容休, 육사 7기) 장군은 내가 육사생도시절 육사 군수처장으로 재직하였다.

이한림(李翰林, 군영반) 장군이 육사교장으로 부임하면서 육사는 생도들의 복지면이나 학교시설면에서 많이 향상되었는데 이 모두가 군수처장직을 수행하던 김용휴 장군의 공로가 컸다.

5.16혁명 후에는 총무처 행정관리국장을 지내고 한국군이 최초 파월 당시 주월한국군사령부 부사령관으로 재직하면서 여러 가지 어려운 군수자원 문제를 주월미군사령부와 협조하면서 성공적으로 해결하였다.

그 후 보병25사단장과 국방부 군수국장을 거쳐 제6군단장으로 부임하였다. 군단장 부임 후에는 교육훈련과 장병들의 사기 및 복지면에 지휘관심을 경주하여 오래된 장교들의 관사 재보수와 장교 및 하사관들의 자녀를 위하여 유치원도 개설하였다. 가정이 안정되어야 장교들의 근무의욕이 증진된다는 것이었다.

내가 맡은 작전계획과는 작전계획을 비롯하여 각종 전술공사계획, 전술토의, 편제 업무 등을 검토 발전시키는 중요하고 업무량이 많은 직책이었다.

매일 밤 늦게까지 야간근무를 하고 밤 10시경에야 귀가하였는데 어느 날 밤 군단장이 직접 전화를 하여 과원들을 데리고 공관(公館)으로 오라 하면서 자동차를 보내주었다. 공관에 도착하니 군단장이 직접 불고기를 구워주면서 위로해 줄 때 온몸에 쌓였던 피로가 풀리는 것 같았다.

군단장은 교육훈련 향상에 중점을 두고 예하지휘관들이 소신껏 부대를 지휘할 수 있도록 여건을 조성해 주었다.

그러나 계획된 업무추진이 지연되거나 지시된 방침에 어긋났을 때는 무섭도록 채찍질하고, 특히 허위보고는 용서치 않는 전형적인 외유내강(外柔內剛)의 지휘관이었다.

제6군단의 발전과 인화단결을 공고히 다져놓았던 김용휴 장군은 육군군수기지 사령관으로 영전하였다. 마지막 떠날 때 사무실로 나를 불러 특별히 격려하셨던 일은 지금도 잊혀지지 않는다.

후임 군단장에는 육사 8기생 중에서 명석한 두뇌와 해박한 지식뿐만 아니라 영어와 한문에 능통한 이재전(李在田) 장군이 부임하였다.

이재전 장군은 실력뿐만 아니라 성격이 깐깐하고 원리원칙을 강조하는 장군으로 장교들간에 엄한 장군으로 정평이 나 있었다.

나는 이때에 약 20개월간의 작전계획과장을 마치고 주무과장인 작전과장으로 보직되어 있어서 군단장에게 보고할 기회가 많았다.

6군단장 김용휴 장군과 함께

따라서 이재전 장군의 업무처리 방식이나 지휘기법 중에서 많은 것을 배웠다.

시간절약을 위해 중요 보고사항 외에는 비대면(非對面) 결재방식을 택하고 예하부대에 지시되는 공문은 핵심사항만 간결하게 지시하도록 하였다. 부대지휘 면에서도 잘하는 부대는 즉시 포상하고 잘못한 지휘관에게는 경고장을 하달하여 신상필벌이 명확하였다.

이재전 군단장은 전임 군단장 김용휴 장군으로부터 나에 관한 이야기를 들었는지 여러 가지 면에서 나를 관찰하고 테스트하는 것 같았다.

1975년 11월 말, 나는 초조하게 기다리던 대령진급 예정자로 선발되었다. 당시 진급제도는 대령급은 군단사령부에서 군단예하 전 대상자를 종합하여 심사선발하게 되어 있었는데 진급대상자 32명 중에서 나와 20사단 작전참모인 동기생 함병용 중령만이 대령진급 예정자로 선발되었다.

온 가족이 기뻐하고 전임 군단장 김용휴 장군과 현 군단장 이재전 장군에게 무한한 감사를 드렸다.

제6군단 사령부에서 약 35개월간의 어렵고도 힘든 직책을 마치고 지친 심신을 쉬기 위하여 국방대학원 안보과정에 지원하였다.

나를 아끼는 분이 사단참모장으로 오라고 하였으나 정중하게 사양하고 1976년 8월 20일, 힘들고 정들었던 포천 생활을 마감하였다.

08

육군 대령의 계급장을 달고

육군 대령의 계급장을 달고

오랜 전방근무 생활을 마치고 나와 가족들은 만 4년 만에 서울 정릉 집으로 돌아왔다. 1976년 9월 1일, 국방대학원 안보과정에 입교하여 10월 1일 국방대학원장 임지순(任智淳) 장군에게 진급 신고를 하였다.

안보과정의 학생구성은 55명이었으며 현역은 육해공군의 장군으로부터 중령급 장교까지 있었고, 일반직 공무원은 주로 서기관급과 이사관급도 몇 명 있었다.

교과과정은 국내외 정세분석을 비롯하여 정치, 경제, 사회분야 등 고급공무원으로서 알아야 할 내용이 포괄적으로 포함되어 있었다.

학생들 간에는 친목을 도모하기 위하여 분임별 편성으로 매월 바뀌게 되어 있어 분임토의와 회식이 자주 있었다.

우리 안보과정은 '77회' 라는 친목회를 만들어 졸업한 지 40년이 지난 지금도 모임을 갖고 옛정을 나누고 있다.

1977년 6월 30일, 졸업식 날 아내와 성원, 성희 그리고 처형이 참석하여 졸업을 축하해 주었다. 군인생활 중 국방대학원에 다닐 때 정신적으로나 시간적으로 여유가 있었고, 가정적으로도 안정되어 시골에 계셨던 어머님을 얼마 동안이나마 모셨던 일이 보람되었다고 생각한다.

국방대학원을 졸업한 나는 경기도 용인에 있는 보병제63훈련단(현 55사단) 참모장으로 보직을 받았다.

훈련단장인 박준병 장군이 전입요청을 하여 발령이 난 것이었다. 박준병 장군은 육사 12기 선배로서 내가 육군사관학교에 입교하여 기초군사 훈련을 받을 때 구대장 생도이었고, 대대장 재직시 직속상관인 연대장이었으며, 이번이 세 번째 만나는 인연이었다.

육사교수 생활도 하여 일반지식과 군사분야 지식이 해박할 뿐 아니라 부하들의 고충을 이해하고 어려움을 도와주는 덕장으로 명망이 높았다. 내가 군에서 근무하는 동안 많은 도움을 주었던 은인이기도하다.

박준병 장군은 육군 대장으로 전역한 후 3선의 국회의원과 민정당 사무총장 등을 역임하여 군인의 길과 정치인의 길에서 정도(正道)를 걸어온 훌륭한 인물이었다.

63훈련단은 경기도지역을 담당하는 향토사단으로 예비군을 관리하고 훈련시키는 것이 주임무이고, 주요군사시설의 경계임무도 부여되어 있었다.

나는 63훈련단의 참모장직을 마치고 1978년 11월 30일 동부전선 보병 제12사단 37연대장으로 보직을 받았다.

동부전선의 소양강(所陽江)과 1031고지(高地)

동부전선은 이미 추운 겨울날씨이었다. 북쪽에서 불어오는 찬 겨울바람과 하얀 눈이 흩날리는 이날, 강원도 인제군 인제면

연대장 취임식(사단장 안재석 장군이 부대기 수여)

4대대의 전술시범장에서(전투모를 쓴 필자)

송학동에 있는 연대본부에서 이취임식을 하였다.

사단장은 육사 11기 안재석(安在碩) 소장이며 전임 연대장은 13기 신동교 대령이었다. 지휘권을 인계받은 37연대는 창설된 지 오래된 전통 있는 부대로 한국전쟁시 혁혁한 전공을 많이 세운 부대이다.

당시 12사단은 전투정면이 넓어 전방(철책선 경계)에 51연대와 52연대가 담당하고 있었고, 내가 부임한 37연대는 사단예비연대 임무를 맡고 있었다.

내가 연대장으로 부임하여 약 1개월이 되었을 때 제1군사령부(정승화 사령관, 육사 5기)에서 37연대가 약 45㎞에 달하는 GOP(최전방 철책선 경계) 임무를 수행하라는 지시가 내려왔다.

오랫동안 2개 연대(51, 52연대)가 담당하여 사고가 다발적으로 일어났는데 지휘가 양개 연대로 이원화되었기 때문이라는 이유였다.

1031고지로 가는 길목에서(중앙이 필자)

나는 대대장 시절에도 철책선 경계를 두 번이나 하였는데 이번에는 책임지역이 더 넓고 험악한 지형의 경계임무를 맡아 일복이 많다고 생각하였다.

우리 37연대는 오랫동안 예비연대 임무를 수행하였기 때문에 장병들의 철책선 경계임무 경험이 없어서 참모들과 치밀한 계획을 세워 훈련을 시작하였다. 약 3개월간의 훈련을 통하여 간부와 병사들의 하고자 하는 의욕이 돋보이고 사기가 앙양되어 나는 부대지휘에 자신감이 생겼다.

1979년 4월 20일, 우리 연대는 전방에 투입되었다.

서부전선과 달리 800m 이상의 고지군이 즐비하고, 40도 이상의 경사진 도로도 차량들의 숨결을 헐떡이게 하며, 철책선에 연한 깊은 골짜기는 쳐다만 보아도 아찔하였다. 산세(山勢)가 험한 이 지역은 과거 무장간첩들이 여러 번 침투하였던 곳으로 알려져 있었다.

내가 연대를 지휘할 지휘소의 오른쪽을 보니 그 이름도 유명한 1031고지가 의젓한 모습으로 나를 쳐다보고 있었다.

열과 성을 다하며

북녘 땅에서 흘러 내려오는 소양강과 남에서 북으로 흘러가는 남강 줄기의 깊은 골짜기, 한국전쟁 당시 격전지로 유명했던 지형이 마치 주걱사발과 같다 하여 미군들이 이름 지은 '펀치볼' 지역의 구릉이 서쪽에 자리 잡고 있고 언제나 정상은 구름에 가려 있는 향로봉과 까치봉이 어깨를 나란히 하고 있다. 이름 모를 산새들은 평화롭게 지저귀고 있으나 넓고 험준한 지형에 소대단위로 부대를 분할 배치한 나의 마음은 언제나 긴장감이 맴돌았다.

연대본부는 서화면의 천도리에 위치하고 있으나 내가 부여받은 임무가 워낙 중요하고 우리 연대가 전방경계 임무를 담당한 것이 처음이며 그것도 2개 연대가 담당하던 지역을 우리 연대 단독으로 맡게 되어 있어서 나는 연대전방지휘소를 최전방에 설치하기로 결심하였다.

철책선으로부터 가까운 곳에 낡은 막사가 있어서 김성환 대위가 지휘하는 본부중대원들의 노력으로 지휘소 건물을 개축하였다. 이

전방지휘소에는 나와 정보주임, 작전주임, 그리고 지휘통신을 위한 통신소대원들이 있었고, 부연대장을 비롯한 인사주임, 군수주임 등 행정 및 군수분야 요원들은 후방지휘소에 위치하도록 하였다.

연대장인 내가 최전방에 너무 근접하고 있다 하여 사단장을 비롯한 여러 사람이 걱정하였으나 내 스스로 결심하여 수행하는 일이었기에 다소 위험하고 어렵다 하여도 부하들의 사기와 근무체제의 정착을 위하여 최초 계획대로 밀고 나갔다.

나는 전방투입 준비시부터 나의 군대생활 성패는 바로 현재 부여받고 있는 경계임무수행 성공여부에 달려있다고 생각하였다.

우리 연대가 담당한 책임지역은 1968년부터 1972년까지의 기간에 적의 무장간첩이 20여 회 이상이나 침투하였던 지역이며, 지형이 험하고 도로망이 결핍되어 아군의 부대활동시 안전사고가 발생할 가능성이 많을 뿐 아니라 6.25 한국전쟁시 매설하였던 지뢰지대가 여기 저기 흩어져 있었다.

강계춘 중령이 지휘하는 제1대대가 동측, 이재관 중령이 지휘하는 제2대대가 서측에 배치되었다. 소대단위로 내무생활, 교육, 취사지원 등이 이루어짐으로 소대장의 역할이 중요하였으며 이들을 관장하는 중대장의 책무 역시 막중하였다. 장병들은 모두 긴장되어 있었고 원칙대로 근무를 잘 하고 있었다. 처음에는 너무 긴장하여서 캄캄한 야간에 뛰어다니는 짐승들의 발자국 소리나 오래된 고목나무에서 새어나오는 파란 불빛의 인을 보고 적으로 오인하여 사격도 하고 전원 비상배치도 하였다는 중대장들의 숨김없는 보고도 들었다.

내가 철책선을 따라 순찰하면서 병사들을 격려할 때에 병사들은 고마워했고 사기진작에 큰 도움이 되는 것 같았다.

이때 우리 연대에 또 다른 임무가 부여되었다. 전방지역 시설개선 계획에 따라 소대별 조립식 막사 공사와 취사장, 화장실 등 무려 70여 동의 신축공사 작업이 부여된 것이다. 사단장 안재석 장군은 우리 연대 임무가 과중하다 하여 후방에 있는 다른 연대에 공사임무를 부여하려 하였으나 내가 반대했다.

최전방 경계지역에서 병력통제가 어려워 우리 연대의 3대대와 4대대를 투입시켜 9월 말경에 공사를 완료하였다.

나의 연대장 재직중 잊지 못할 두 사람의 부하가 있었다. 한 사람은 연대 군목(목사)이었던 조중곤 중위요, 또 한 사람은 연대 주임상사이었던 김용림 상사였다.

조중곤 목사는 부대의 안전을 위해 열심히 기도도 하고 사고예방활동에 관계참모 이상으로 열성적이었다. 그는 내가 어떠한 특정임무를 지시하지 않았는데도 자기 스스로 군종병을 동행시켜 그 무더운 여름 날씨와 추운 겨울밤에 우리 연대의 전 책임지역을 구석구석 돌아다니며 장병들을 위한 기도를 하고 애로사항을 청취하였다. 우유나 커피를 가방에 넣고 보온병을 들고서 북풍이 몰아치는 추운 겨울밤에 옥외에서 근무하는 병사들에게 따뜻한 차 한 잔씩을 먹이며 격려해 주곤 하였다.

또 한 사람인 김용림 연대 주임상사는 나와 함께 전방지휘소에서 어려운 일을 많이 하였다. 당시 상급부대에서 지원되는 물자가 제한되고 예산도 부족하여 경계근무용 고가초소를 신설하는 데 주임상사가 솔선하여 나무를 베고 제재하여 공사대대를 지원하였으며 방책선 근무순찰도 열심히 하였다. 때로는 소화가 잘 안 되고 속이

답답하다 하여 진찰을 받아보고 휴식을 취하라고 하였으나 막무가내더니 증세가 악화되어 육군수도병원으로 후송 입원시켰으나 종래에는 간암으로 세상을 떠났다. 병원에 입원하고 있는 동안 하사관단을 통하여 몇 차례 위문도 보내고 조그마한 나의 성의도 표시하였으나 세상을 떠났다는 소식을 듣고 며칠 간 슬픈 생각이 떠나지 않았다.

생명의 기적과 고귀함을 보고

내가 최전방에서 임무를 수행한 연대장 시절에 있었던 세 가지 일은 지금도 잊혀지지 않고 있다. 부대의 안전과 내 부하들의 안녕을 마음 속으로 정성껏 기원한 탓이었는지는 모르지만 생각만 하여도 아찔한 순간이 연상되는 일들이었다.

첫째 이야기는 1979년 8월 17일에 일어났던 일이다.

며칠 전부터 그칠 줄 모르는 비가 계속 내리고 있었다. 부대활동이 빈번한 전방지역에서 폭우가 쏟아지거나 비가 계속해서 올 때에 각급 지휘관의 근심걱정은 한두 가지가 아니다. 보초근무를 하고 있는 병사들이 비에 흠뻑 젖어 행동이나 정신면에서 움츠려들기 때문에 경계근무에 소홀해지기 쉽고 깎아 세운 듯한 고지 정상에 있는 병사들의 막사가 붕괴되지 않을까 걱정도 된다. 보급 및 부식을 추진해 주는 각종 차량들이 사고 없이 운행되는지도 궁금하고 비에 젖은 땅의 지반이 약해지면서 방책선이 무너지지 않을까 하는 근심, 수많은 하천과 강줄기를 건너다가 부하들의 익사사고가 발생할

까 봐 걱정된다. 긴장감과 근심은 밤이 되면 더욱 심해져서 이상 유무를 확인하며 뜬눈으로 밤을 지새우는 경우가 많았다.

이날 밤도 나는 각 초소가 도식된 지도를 보며 순찰시 내 눈으로 확인하였던 취약지점을 하나하나 더듬어갔다. 필요시에는 대대장과 중대장에게 전화를 걸고 조치를 지시하던 중 사천리 계곡 우측 지역의 가파른 지점이 생각났다. 이 지역은 경사도가 60도 이상의 가파른 지역이며 병사들이 근무를 하고 있는 후사면에 언제인가 무너질 듯한 산등성이가 있는 곳이었다. 나는 급한 생각이 들어 바로

GOP에서 대대장, 중대장과 함께(뒷줄 중앙이 필자)

그 지역을 담당한 소대장을 전화로 불렀다.

이때가 밤 11경이었다. 나는 소대장에게 "그 위험구간에 현재 몇 명의 보초가 근무하고 있느냐?"고 물었다. 소대장은 "2명씩 3개조로 6명이 근무중입니다"라고 대답하기에 즉시 병사들을 안전한 곳으로 대피시키라고 지시하였다. 소대장에게 지시한 후 대대장에게 그 내용을 알려주고 잠시 눈을 붙였다.

얼마쯤 지났을까? 1대대장의 긴급 보고사항이 있다 하여 깜짝 놀라 눈을 떠보니 새벽 3시 10분이었다.

나는 직감적으로 큰 사고가 났구나 하고 생각하며 수화기를 들었다. 1대대장은 다소 황급한 목소리로 "사천리 우측지역에 산사태가 나서 무너지는 바람에 150m 가량의 방책선이 흔적조차 없어졌으며 인명피해는 없습니다"라고 보고하는 것이었다.

나는 "후유—" 하고 긴 한숨을 몰아쉬었다. 바로 몇 시간 전에 내가 직접 보초병을 철수시키라고 지시한 바로 그 지역이었다.

나는 순간적으로 눈을 감고 하느님과 하늘에서 자식의 무운장구를 빌어주고 있을 어머님께 무한한 감사를 올렸다.

이튿날 현장에 도착해 보니 순찰시 무너질 것같이 보였던 그 산등성이가 산사태로 인하여 무너져 내렸으며 철조망은 흔적조차 없었다. 어젯밤 그 시간에 병사들을 철수시키지 않았으면 여섯 명의 나의 부하는 흙더미에 묻혀 어디 있는지조차 모를 지경이었다.

나는 어젯밤 그곳에서 보초근무를 했던 6명의 병사들을 불렀다. "귀관들은 아마 오래도록 장수할 것이다" 하며 그들을 축복해 주었다. 중대장과 소대장이 "연대장님 감사합니다" 하며 어쩔 줄을 몰라 했다. 그들도 현장을 보고서 아찔한 생각이 들었을 것이며, 자기들이 사전에 조치하지 못한 점도 부끄러워 하면서 부하들의 무사함에 진정으로 고마움을 느낀 것 같았다.

나는 1031 고지의 깎아지른 듯한 비상도로를 따라 귀대하면서 곰곰이 생각하였다. 사람이 자기가 책임지고 있는 일에 대하여 집념을 갖고 몰두하면 예감과 영감이 떠오르는데 불안한 요소가 발견되면 머뭇거리지 말고 곧바로 조치를 취하여야 하며, 어젯밤에 나의 부하와 부대가 안전한 것도 자식이 잘 되기를 염원하는, 돌아가신 부모님 특히 어머님께서 돌보아주신 것이라고 생각하였다.

두 번째 이야기는 이러한 일이 있은 이틀 후에 생겼던 일이다.

우리 지역에서도 계속 비가 내리고 있었지만 북쪽에서는 비가 더 많이 왔는지 소양강 물이 부쩍부쩍 불어가고 있었다. 불어난 강물에 의하여 강안에 설치되어 있는 고가초소 앞의 제방이 무너지면서 순간적으로 고가초소는 고립이 되었다.

고가초소에는 3명의 병사가 경계근무를 하고 있었는데 이들을 구출하기 위하여 로프를 던져주고 강가에 나오도록 하였으나 얼마쯤 건너오다가 3명이 모두 로프를 놓치고 떠내려가는 것이 아닌가! 눈앞이 캄캄해지고 머리가 어지러운 현기증을 느꼈다. 강가에 있던 몇 사람이 “정신 차려라” 하며 고함을 치며 발을 굴렀다. 물결이 세차게 흘러서 뛰어 들어갈 수도 없었다.

그런데 이게 어찌된 일인가?

30여 미터를 떠내려갔을 때 3명의 병사들이 강물 쪽으로 쓰러져 있는 큰 소나무를 잡았다. 이 광경을 지켜보던 우리는 탄성을 지르며 “나무를 꼭 잡으라!”고 소리 질렀다. 이 소나무는 강가에 있었는데 강물이 불어나면서 뿌리가 노출되어 옆으로 쓰러져 있었던 것이다. 3명의 병사를 구출하고 우리는 만세를 불렀다. 나는 그 세 사람의 병사가 그렇게 고마울 수가 없었다.

나는 이 세 명의 병사들을 그날부터 10일간의 포상휴가를 보냈다. 죽음의 길목에서 생환을 축복하는 뜻에서 휴가선물을 주었던 것이다.

세 번째 이야기는 1979년 9월 20일에 일어났던 일이다.

1대대 지휘소는 780고지에 있었는데 가파른 급경사 지역이었다. 780고지를 좌우로 연한 보급품추진 통로는 노폭이 좁고 경사로가 심하여 비가 많이 오거나 눈이 내리면 차량운행이 불가능하여 병사들이 도보로 부식 등을 운반하였다.

이날도 780고지 우측지역에 배치되어 있는 중대에 부식을 추진하기 위하여 3/4톤 차량에 3명이 탑승하여 60도 경사길을 내려가던 중 브레이크가 파열되어 자동차는 가속되면서 방책선을 뛰어넘어 비무장지대의 깊은 골짜기로 굴러 떨어졌다. 자동차는 몇 번을 굴러 떨어지면서 운전석 부분과 후미부분이 떨어지고 뒤에 타고 있던 병사는 곡예사처럼 공중으로 날으면서 떨어졌다. 차량이 박살난 것은 말할 것 없거니와 세 명의 병사들도 순직한 것으로 판단하고 수색조와 구난반을 편성 비무장지대에 투입시켰다.

그런데 인간의 생명은 이렇게 고귀하고 끈질긴 것인지 타고 있던 3명의 병사가 다 살아있지 않는가! 운전병은 왼쪽 다리만 약간 상처가 나고 운전병 옆에 탔던 병사는 오른쪽 다리가 골절되었으며, 뒤에 타고 있던 병사는 거짓말같이 팔꿈치만 약간 상처를 입었다. 모두 생명에는 지장이 없다는 군의관의 진찰결과를 보고 받으면서 새파란 하늘을 쳐다보며 감사의 기도를 드렸다.

지금까지 이야기한 세 가지 일은 인간의 힘으로 극복하기 어려운 조물주의 조화이었는지 행운의 여신이 도왔는지는 모르지만 나의 일생을 두고 잊지 못할 기가 막힌 일들이었다.

최전방에서 온 정성과 정열을 쏟은 지휘노력의 결과인지는 몰라도 그 어려운 여건과 환경 속에서도 단 한 명의 순직자가 났을 뿐 다른 사고는 전혀 없어서 당시 직속상관이었던 사단장 문응식 장군으로부터 여러 번 치하를 받았다. 노력한 만큼의 대가로 성과가 좋았지만 대대장 시절의 전방근무 경험이 큰 도움이 되었고, 말단병사의 실태와 현지순찰에 의한 지형 숙지도 큰 보탬이 되었던 것이다. 또한 부하들의 헌신적인 공로는 두 말할 나위가 없다.

실패한 대간첩작전

1979년 10월 5일, 이날은 우리나라의 고유명절인 추석날이었다. 나는 이날도 방책선을 순찰하며 병사들을 격려하였다. 저녁이 되면서 한가위의 둥근달은 휘황찬란하게 온누리를 비쳤다. 어렸을 때 고향에서 보았던 바로 그 달이었으며 그때의 생각이 잠시 내 눈앞을 스쳐 지나갔다.

그런데 이튿날 아침이 되면서 대간첩작전 '진돗개 하나' 라는 비상사태 경보가 전달되었다.

추석날 밤 우리 연대의 인접 사단지역에서 무장공비 침투 흔적을 발견하였다는 것이었다. 우리 연대는 남침한 간첩을 섬멸하고 혹시 남침한 간첩이 우리 연대 지역을 통하여 복귀할 것에 대비 전원 비상근무체제에 돌입하였다. 사단장이 몇몇 참모들과 함께 나의 전방지휘소에 사단지휘소를 설치하였기 때문에 나는 2대대 지휘소로 옮겼으며, 2대대장은 5중대 지휘소에서 대대를 지휘하게 되었다. 주간에는 적 은거 예상지역을 철저하게 수색하고 야간에는 매복작전을 끊임없이 실시하였다.

꼭 우리 연대에서 전과를 올리겠다는 불타는 신념과 전투의지로써 병사들은 참호 속에서 근무와 휴식을 교대하였으며 식사, 세면도 경계참호 속에서 실시하였다. 때는 늦가을이라 밤에는 바람에 흔들리는 풀잎소리와 산짐승들이 낙엽을 밟는 소리를 적으로 오인하여 한 병사가 사격을 개시하면 몇 사람이 사격을 하는 일도 많았으며 잠을 제대로 자지 못한 병사들의 눈들은 벌겋게 충혈되어 있었다. 전투시 사격통제가 대단히 어렵다는 것을 실감하였으며 따라서 평소에 부하들을 철저하게 훈련시키는 것이 얼마나 중요한가를 새삼 느꼈다.

1979년 10.26사태로 대간첩작전은 종료되었다.

20여 일간에 걸친 대간첩작전은 군단작전이어서 3군단예하 4개사단, 군예비 1개 사단, 1개 특전여단이 투입되었는데 전과는 3명이 침투(정보 분석 결과)한 간첩 중 1명만 사살되고 2명은 어선을 훔쳐 북한강을 통하여 월북하였으며 우리 군 피해는 사망 6명, 부상이 30여 명이나 되었다.

미군의 정보로 2명이 이미 북한강을 따라 북으로 도주하였는데도 지휘관 판단 잘못으로 아군의 피해(오발 및 안전사고)가 컸으며 그것도 10.26사태가 났기 때문에 작전이 종료되었다. 한 사람의 지휘판단이 얼마나 중요한가를 보여주는 완전히 실패한 작전이었다.

송학동(松鶴洞)을 떠나며

1031고지의 기온이 영하 20도에서 30도를 오르내리고 쌩쌩한 북풍이 몰아치는 겨울도 지나갔다.

1980년 4월 2일, 우리 연대는 제51연대에 전방경계 임무를 인계하고 내가 연대장으로 부임하였던 송학동 지역으로 이동하였다. 사단 후방지역으로 이동하여 일주일 동안은 보급품과 장비를 손질하고 성공적인 전방경계 임무를 완수했다는 자랑과 보람을 갖게 하기 위하여 대대별로 복귀식을 가졌다.

유공장병에 대한 표창과 포상휴가를 보내고 체육대회를 개최하였으며 돼지, 닭 등을 준비하여 회식도 하였다. 온몸이 날아갈 듯이 마음도 가벼웠다. 다른 것보다도 밤에 아무 근심걱정 없이 두 다리를 쭉 뻗고 잘 수 있는 것이 제일 행복스러웠다.

연대장 재임기간 중 온갖 열성을 기울여 나를 보필해 준 강계춘 중령, 이재관 중령, 조기복 중령, 전해선 중령, 문일섭 중령, 김용학 중령 등의 대대장들과 김신정 소령, 김명수 소령, 유영태 소령, 김성술 소령 등의 참모들, 그리고 본부중대장 김성환 대위, 병기대장 신현승 준위 등의 노고를 잊을 수 없다.

1980년 4월 25일, 연대장 임무를 마치고 제1야전군 사령부 작전과장으로 전속명령을 받았다. 야전군 사령부 작전과장 직위는 연대장 보직을 마친 장교로서는 누구나가 가고 싶어하는 선망의 직책이다. 그러한 직책인데도 전방지역에서 심신이 피로할 만큼 피로해지고 나뿐만 아니라 아내를 비롯한 가족들도 항상 조마조마한 초조감에 젖어 있어서 육군본부에 전속되어 근무하기를 희망하였었다.

그러나 박준병 장군을 비롯한 심기철 작전참모 등 여러 선배 장교들이 나를 추천하여 주었고, 군단 작전과장을 역임하였던 경험도 있어서 명령대로 따르기로 하였다. 송학동 연대본부 연병장에서 연대장 이취임식이 진행되는 동안 지난 18개월 동안 있었던 일들이 영화의 스크린 장면처럼 눈앞을 스쳐 지나갔다. 어떤 장면에서는 눈물이 쏟아질 것 같은 심정이었으나 마음을 굳게 먹고 참았다. 이취임식이 끝나고 연대 전장병의 환송을 받으며 정들었던 연대 정문을 빠져나오자 하사관 가족들의 울부짖음이 도화선이 되어 눈물바다가 이루어졌다.

나와 아내는 계속 흐르는 눈물을 닦으며 언제 이 지역에 다시 올 수 있을까 하는 생각도 들었다.

이것이 상관과 부하간에 맺어진 참다운 전우애요, 순수한 마음에서 우러나오는 인정이 아니던가!

연대장 재직중 충성스러운 부하들로 인하여 뿌듯한 보람도 느꼈지만 험준한 지형과 막중한 임무의 심리적 부담이 컸기 때문에 지금도 그때의 일들이 종종 꿈속에서 나타나곤 한다.

09

노력의 결실

실망과 기쁨의 갈림길에서

나는 1980년 4월 12사단 37연대장직을 마치고 육군본부 과장급으로 전속되길 희망하였다. 최전방 험준한 산악지역에서 철책선 경계임무를 띠고 연대장직을 수행하면서 심신이 너무 지쳐 있었기 때문이었다.

그런데 새로운 보직명령은 제1군사령부 작전과장이었다. 이 자리는 군사령부의 핵심직책이며 장군의 진급이 보장된다 하여 선망의 직위였다.

후에 알았지만 내가 이 자리에 보직된 것은 당시 20사단장 박준병 장군이 군 작전참모인 심기철 장군(육사 13기)에게 간곡히 추천하여 전입요청이 되었던 것이다.

심기철 장군은 군사령관에게 나의 전입요청이 안 되면 자기가 작전참모직을 그만 두겠다고까지 건의하였다고 한다. 심 장군은 실력 있고 작전분야 업무에서는 타인의 추종을 불허할 정도로 군내에서 알려져 있었다.

이때 군사령관은 윤성민(尹誠敏, 육사 9기) 장군이었는데 내가 연대장 근무시 직속상관인 3군단장직을 마치고 참모차장으로 근무하다가 12.12사태가 발생하였던 것이다.

전남 광주에서는 민주화를 외치면서 시민봉기가 일어나고 관공서를 습격하는 등 걷잡을 수 없는 사태로 이어져 군에서도 특전여단을 보내어 마침내 군과 시위대간에 총격전이 벌어져 많은 희생자가 나왔다. 5.18사태로 불려지는 이 사태는 광주민심을 걷잡을 수 없도록 만들었다.

이에 군 수뇌부에서는 민심을 수습하는 방안으로 전남 출신인 윤성민 장군을 제1군 사령관으로 영전시켰던 것이다.

내가 작전과장으로 보임되어 나의 사무실이 있는 지하벙커로 들어가자 여기 저기서 울리는 벨소리, 각급 부대에서 송신되어 오는 T.T(문자 전송기) 통신문 등 마치 전쟁중인 상황 같았다.

거기에 강원도 사북지역의 탄광에서는 광부들이 반정부 시위를 하는 이른바 사북사태까지 발생하여 국가적으로 어려운 상황의 연속이었다.

나는 급하고 중요한 사항을 보고 예하부대에 필요한 지시문을 하달하는 등 근무 첫날부터 밤 11시경에 퇴근하여 저녁식사를 하였다.

공휴일도 잊은 채 근무를 하였는데 사북사태와 광주사태도 진정이 되어 5월부터는 정상적인 업무를 할 수 있었다.

군에서는 9월경부터 차기진급에 대한 각종 소문과 여기 저기서 들뜨는 소문이 나기 시작하는데 나에게도 선후배들이 경력도 좋고 현재 직책도 좋으니 기쁜 소식이 있을 것이라는 등 듣기 좋은 소리가 많이 들렸다.

그러나 나는 어차피 1군사령부 전통은 작전과장보다는 작전차장이 진급되어 왔기 때문에 크게 기대를 하지 않았다.

더욱이 라병선(육사 14기) 선배가 작전차장으로 있었기 때문이었다.

이때에 작전참모 심기철 장군은 소장으로 진급과 동시에 예편되어 주이란 대사로 떠나고 후임에는 이해영(육사 13기) 장군이 부임하였다.

이해영 장군은 내가 육군의장대 근무시 나의 직속상관이었으며 인격이 훌륭하고 지휘통솔력도 모범적인 선배이었다.

작전과장으로 보임된 지 1년이 지나고 업무에도 익숙해 있어서 나는 오로지 내일에만 충실하게 근무하였다.

12월 9일, 1981년도 장군 진급 발표가 있었는데 나는 예상대로 되지 않았다. 일찍이 금년에는 큰 기대를 하지 않아 그렇게 서운한 생각도 없었다.

작전참모 이해영 선배가 위로하며 일찍 퇴근하길 권했으나 나는 군사령부에서 진급된 선배들을 축하해 주었다. 아내에게도 소식을 알려주었더니 실망하지 말라고 나를 위로해 주었다.

1981년이 되면서 군사령관 윤성민 장군은 합참의장으로 영전하고 후임에는 1군단장 김윤호(金潤鎬, 육사 10기) 장군이 영전하여 부임하였다.(김윤호 장군은 12.12사태에 적극 가담하여 미국과의 좋은 관계를 유지하는 데 공로를 세워 영전한 것이었다.)

김윤호 장군은 처음에는 대면하기가 어렵지만 소신 있는 업무처리와 자신감을 갖고 건의하면 능력을 인정받고 무슨 일이든 믿고

맡겼다.

작전참모 이해영 장군은 내가 진급 대상자라는 것을 의식하고 웬만한 보고는 내가 직접 군사령관에게 보고하도록 기회를 많이 주어 나는 군사령관으로부터 두터운 신임을 받았다.

1982년도에 진급할 장군심사가 끝나고 나는 초조한 마음으로 사무실에 있는데 이해영 장군이 웃으면서 나의 방으로 들어왔다.

"여보, 소식 못 들었어? 축하하오."

자기가 육군본부 인사참모 부장에게 확인했다면서 빨리 아내에게 전화하라는 당부까지 했다.

나는 서울에 있는 아내에게 전화를 했더니 아내는 기뻐서 목이 메이는 음성이었다.

10

대한민국 육군의 장군이 되고

대한민국 육군의 장군

우리말로 별을 달고 영어로는 스타(Star)가 된 것이다. 이 얼마나 감격스럽고 영예스러운 광경인가!

어렸을 때는 군인이 되고 싶어 했고 고등학교를 다닐 때에는 육군사관 생도가 되기를 갈망하였으며 장교로 임관한 후에는 장군이 되기를 열망하였는데 결국은 뜻을 이루었으니 내 자신이 자랑스러웠다. 이 영광된 오늘의 기쁨을 위하여 얼마나 많은 땀과 노력을 경주하여 왔던가!

돌아가신 어머님께서 주위사람들에게 "나는 우리 아들이 장군 되는 것을 보고 이 세상을 떠나야지……" 하며 입버릇처럼 말씀하셨으니 저세상에 계신 어머님도 무척이나 기뻐하셨을 것이다.

나는 오늘날의 내가 있기까지 역경과 시련을 겪을 때 도와주고 신념과 용기를 북돋아준 여러분들에게 진심으로 감사를 드렸다.

소령계급 시절의 유삼석 장군(육사 8기), 중령시절의 김용휴 장군(육사 7기), 이재전 장군(육사 8기), 대령시절의 김윤호 장군(육사

장군 진급 후 기념사진(1982. 1. 1)

10기)과 박준병 장군(육사 12기) 등 여러분에게 더할 수 없는 고마움을 느꼈다.

특히 박준병 장군은 두 번에 걸친 직속상관의 인연이 있어서 많은 도움을 주었다. 또한 오직 남편의 건강과 잘 되기만을 빌며 이날을 고대하던 아내에게 이 기쁨의 영광과 고마움을 함께 주고 싶었다.

진급발표가 있던 날 밤 나는 아내와 함께 군사령부에 같이 근무하면서 진급되지 못한 선배와 동기생을 찾아 심심한 위로를 한 다음 아들과 딸이 기다리는 서울로 떠났다.

1982년 1월 1일, 1982년도 육군의 장군 진급자들은 육군참모총장 황영시(黃永時, 육사 10기) 장군에게 진급신고를 하고 대통령의 장군임명장을 수여받았다.

참모총장과 아내가 양 어깨에 장군계급장을 달아주었다. 아내가 계급장을 달아주는 뜻은 오늘날의 영광이 있기까지 내조의 공을 기리고 그 공으로 인하여 남편의 영광을 같이 나누는 데 뜻이 있는 제도이다.

국방부에서 육해공군의 전 장군 진급자가 국방부장관에게 진급신고를 하였다. 국방부에서 신고를 마치고 나와 아내는 원주로 향하였다.

제1군 사령관 김윤호 장군이 1군 지역에서 진급한 일행을 위하여 특별히 의전행사와 오찬을 준비하였던 것이다.

의전행사와 오찬을 마친 후 나와 아내는 곧바로 고향으로 향했다. 고향에 도착하여 먼저 부모님의 산소를 찾아 성묘를 하면서 "아버님, 어머님 준택이가 장군이 되었습니다" 하고 인사를 드렸다. 두 분께서 무척 기뻐하셨을 것이다. 성묘를 끝내고 동네 어른들을 찾

장군 진급 후 가족과 함께(1982. 2. 1)

아뢰고 식사대접을 하였다.

모두들 나의 진급을 축하해 주고 진심으로 기뻐하였다.

1982년 1월 8일, 나는 장군 진급 후 첫 보직이 한미연합사령부 작전처장으로 결정되어 부사령관 박노영 대장에게 보직신고를 한 다음 미8군 연병장에서 유엔군 의장대의 열병과 사열을 받았다. 내가 유엔군사령부 의장대에 근무하면서 의장대 행사를 실시한 지 만20년 만에 장군으로서 바로 그 의장대의 사열을 받게 되니 감개가 무량하였다.

내가 처장으로 보직된 작전처는 한미연합군 사령부에서 편성규모가 가장 큰 부서이며 나를 보좌하는 작전차장은 미군해병 대령이었고 지상 작전과장과 해군과장은 한국군의 육군 및 해군 대령, 공군과장은 미군 대령이었으며 그 외 처부 장교들은 한국군과 미군이 반반정도로 편성되어 있었다.

나는 한국인으로서 세계에서 제일 막강한 미군 부하들을 다스렸다는 자부심과 보람을 평생 잊지 못할 것이다.

국방부 근무시절

한미연합사령부에서 근무하고 있는 어느 날 국방부장관 보좌관 김동진 대령(육사 17기, 육군참모총장 · 국방부장관 역임)으로부터 장관면담이 있으니 급히 오라는 연락을 받았다. 국방부에 도착하여 장관면담 이유를 물었더니 국방부 총무과장 직위는 매우 중요한 보직인데 전임과장이 병원에 입원하여 공석으로 둘 수 없어서 장관이 보안사령관에게 추천을 의뢰하여 후보자 4명중 내가 1순위로 선발되었다는 것이었다.

나는 국방부장관 윤성민(尹誠敏, 육사 9기)에게 보직신고를 하고 업무파악에 들어갔는데 업무의 양과 복잡성은 대단하였다. 원래 이 직책은 국방부 총무국장이었는데 정부조직법 개정으로 타 부처와의 형평성으로 총무과장으로 명칭이 바뀌었다는 것이다.

국방부본부 직원 1,200여 명중 850명이 총무과 직원이었고 국방부본부 뿐만 아니라 합동참모본부, 한미연합사령부, 특명검열단, 정보본부, 국방대학원, 조달본부, 국군홍보관리소까지 업무가 연계

되고 직원들도 현역군인인 육·해·공군과 군무원 그리고 민간인 직원도 일반직, 기술직, 기능직, 별정직, 고용직 공무원과 방위병 등 10여 종류의 신분직종이었다.

앞에서 말한 각 기관에 대한 행정지원, 차량 및 운전병 지원을 비롯하여 각종 행사계획의 수립 및 집행, 각종 시설의 관리유지, 본부 및 직할기관 직원의 인사관리, 경계근무, 500여 대에 달하는 차량관리, 정부 각 부처와 공문접수 및 발송 등 업무가 다양하고 복잡하였다.

내가 국방부에 근무하는 동안 중공민항기 불시착사건, 버마 아웅산사건 등 복잡한 일이 많았으며, 대통령도 새벽에 불시에 순시하곤 하였다.

2년간의 국방부 근무기간 중 70여 일 이상을 내 사무실에서 숙직을 하였으며 공휴일에도 반드시 출근하여 당직계통의 근무상황과 시설 등을 점검하였다. 무엇보다 엄청난 업무량과 긴장의 연속 속에서도 묵묵히 자기 맡은 바 직책을 잘 수행하여 준 총무과 850여 명의 직원들과 성의껏 보좌하여 준 보좌관 김상진 대령, 인사담당 변길남 중령, 신인섭 중령, 행정담당 최병국 중령과 박영욱 중령, 근무담당 김진복·빈기영 중령, 영선담당 김복희 중령, 수송담당 김순용·이춘모 중령, 보급담당 임철순 서기관, 민방위담당 정영락 서기관, 경리담당 정기영 사무관, 자료담당 김세경 사무관 등의 노고와 충성심은 잊지 못할 것이다.

제2사단장의 중책을 맡고

군인이면 누구나가 한결같이 장군 승진을 소망으로 여기고 특히 군대의 직책 중 꽃으로 비유되는 사단장 보직은 모두가 바라는 희망이요 꿈일 것이다. 장군으로 승진하는 것도 얼마나 큰 광영이고, 보람일진대 장군 중에서도 제한된 소수인원이 발탁되는 사단장은 크나큰 광영과 더불어 그만큼 어려운 것이다.

1984년 7월 2일, 나는 육군 소장으로 승진과 동시에 역사와 전통에 빛나는 육군 제2사단장으로 임명되었다. 실로 감개무량하고 벅찬 감격이었다.

나는 자식이 잘 되기를 그렇게 소원하시던 어머님의 모습을 다시 한 번 그리며 "어머니, 제가 육군 소장으로 승진되고 사단장으로 나가게 되었습니다"라고 마음 속으로 되뇌었다.

1984년 7월 3일, 이 날 따라 비가 억수같이 쏟아지는 가운데 아내와 함께 새벽 4시에 서울 집을 출발하여 강원도 양구로 향하였다.

사단사령부에 도착하여 부사단장을 비롯한 연대장들의 영접을

육군 소장 진급과 함께 사단장 취임식

받았다. 군단장인 한철수(韓哲洙, 육사 12기) 장군에게 보직신고를 하고 이취임식장인 대연병장으로 향하였다.

오전 10시 나는 제2사단 제31대 사단장으로 취임하면서 행사에 참석한 많은 내빈과 가까운 친지, 그리고 전주에서 머나먼 길을 달려온 친구들로부터 정성어린 축하를 받았다.

이취임식이 끝난 후 간부장교들과 가족들의 면담식을 갖고 부대 일반현황 보고를 청취하였다.

나는 취임 다음날부터 예하부대를 순시하기 시작하였다. 동부지역에 위치한 부대인지라 시설물들은 다소 노후화 되었으나 장병들은 순박하고 소박하게 보였다.

부임한 지 1개월이 넘고 부대현황과 현 수준도 파악이 되었기에 나는 지휘 중점을 설정하여 하달하였다.

지휘중점의 목표는 '백전백승의 노도부대 육성' 에 두고, 실천중점으로서는 다음과 같이 설정하였다.

첫째 : 빈틈없는 부대관리

둘째 : 실전적 교육훈련

셋째 : 완벽한 전투준비

넷째 : 경제적인 부대운영.

지휘중점을 구현하기 위하여 나는 우선 간부들이 나의 입장에서 모든 일을 추진하고 수행할 수 있도록 지도하기로 작심하였다.

나는 나의 지휘중점을 부하들이 그 뜻을 이해하도록 하였다. 지휘중점 첫 항목이 '빈틈없는 부대관리' 인데 대소부대의 어느 지휘관을 막론하고 그들의 지휘중점 맨 끝항에는 반드시 '합리적인 부대관리' 가 들어 있다.

사단장 이취임식(왼쪽 두 번째, 세 번째가 아내와 필자)

그러나 나는 지휘중점의 끝항이 아닌 첫 항목에 '빈틈없는 부대관리' 항목을 넣은 것이었다. 그 이유는 지휘관이 부대를 안정되게 정리하지 못하고 관리하지 못하는 상태에서 아무리 의욕적인 계획을 수립하여 실천하려 할 때에 예상치 않은 사고가 발생하면 그 부대의 지휘관 자신부터 의기가 소침해지고 단결이 와해되기 때문이었다.

따라서 일단 부대를 빈틈없이 관리해 놓고 안정된 상태에서 실전적인 훈련도 하고 완벽한 전투준비도 해야 한다는 것이 나의 지론이었다.

'빈틈없는 부대관리'를 하기 위하여, 첫째 상하간의 인화단결과 간부들의 솔선수범을 강조하였다.

나는 초급간부들에게 훈련, 작업, 운동, 오락시에는 반드시 병사들과 동참하여 병사들의 땀냄새를 직접 호흡하라고 강조하였다. 그들의 땀냄새를 맡으면서 말단병사들의 실정도 파악하고 어려운 일일수록 간부가 동참했을 때 병사들의 불평불만은 해소되고 지휘자를 따르기 때문이다.

또한 시작과 끝이 분명한 부대지휘를 강조하였는데 대부분의 간부들은 시작할 때에는 목적과 중점 등을 요란스럽게 강조하지만 끝날 때에는 어물어물 마무리 짓는 경우가 많아 부하들은 일에 대한 보람도 느끼지 못하고 피로감만 생기게 되는 것이다.

두 번째로 시도한 것이 간부들에 의한 보초근무 제도이다.

매월 마지막 주 토요일, 각 대대별로 대대장 이하 전 간부들이 야간에 외곽보초 근무를 실시하여 병사들의 실상을 체험하게 하였는데 병사들은 간부들에게 존경과 복종심이 강해지고 경계근무에 대한 실질적인 교육이 되었다.

세 번째로 실시한 것이 간부가족들의 조리봉사이다.

병들에게 지급되는 부식은 일반사회 중류가정에서 쓰는 만큼 보급되었다. 문제는 학력수준이 높아서 입대 전에 요리사 경력자가 없을 뿐 아니라 군사령부나 사단에서 요리병 교육을 시켜도 별로 교육성과를 기대할 수 없었다.

그래서 대대단위로 볼 때 간부가족이 20~25명이기 때문에 5명을 1개조로 하여 1주에 1회씩 점심식사 시간에 조리봉사를 하도록 하였다. 그 취지는 병사들에게 맛있는 부식을 제공하여 병사들이 간부들에게 고마움을 느끼게 하고 조리병에 대한 실무적인 교육이 될 뿐 아니라 가족들은 남편이 근무하는 부대에 와서 봉사를 하니 보람을 느낀다는 좋은 반응을 얻었던 것이다.

네 번째로 시도한 것은 하사관 활동의 활성화이었다.

어느 부대를 방문하여 주임상사나 하사관에게 그 부대에 근무한지가 얼마나 되었는지를 질문하면 통상 15년 이상 근무했다고 대답한다.

그런데도 대부분의 지휘관들은 하사관들을 작업 인솔이나 시키고 시킨 일조차 믿지 못하여 있으나마나 한 존재인 것처럼 생각하는 것이 하사관에 대한 인식이었다. 그러나 하사관들이야말로 경험의 축적자이며 그 부대역사의 산증인이요, 자기부대의 강약점을 누구보다 잘 알고 있는 것이다. 장교들은 통상 2년 내지 3년이면 보직이 변경되어 그 부대를 떠나게 됨으로 역대지휘관들을 평가할 수 있는 사람도 하사관들인 것이다.

그래서 나는 하사관들에게 참여의식을 고취시키고 동기를 부여

부대시찰(참모와 함께)

하기 위하여 전하사관들로 하여금 한 사람이 하루에 한 건씩 자기 부대의 취약점을 발견 시정 또는 건의하도록 지시하였다. 연간 통계를 보니 사단은 무려 32,000여 건의 불안전 사항이 발견되었는바, 이중에는 중첩된 사항도 많으나 그만큼 사고요인은 감소된 것이나 다름없는 것이다.

하사관들의 활동을 보상하기 위하여 이들의 권위를 신장해 주고 건의사항을 과감하게 조치하여 주었다. 하사관단 체육대회, 가족오락회 등을 개최해 주었을 뿐만 아니라 분기별 세미나와 대대급 이상 주임상사들을 위한 만찬도 마련해 주니 이들의 사기는 충천하였다.

1985년도는 우리 사단에 있어서 제일 바쁜 한 해이었다.

군단의 전방사단에서 실시한 방책선 이중화 공사 및 장애물 공사를 위하여 5개 대대가 지원해 주었으며, 군사령부에서 실시하는 전투지휘 검열, 육군본부의 교육사열, 보안사령부의 중앙보안감사를 수검 받게 되었는바 전장병이 혼연일체가 되어 준비를 철저히 하여 최우수부대의 영예를 안았다.

사단장 재임 18개월 동안 야간훈련 최우수부대, 예산개혁추진 최우수부대, 보안감사 최우수부대 등 국방부장관 부대표창 3회, 1985년도 교육훈련 최우수부대 육군참모총장 부대표창 1회, 안전사고 예방활동 우수부대 등 군사령관 부대표창 3회를 합쳐 7회의 부대표창을 수상하였다.

우리 사단이 38년간의 역사와 30여 명의 선임역대 사단장이 봉직하였는데 군단장 이상급 부대표창이 총 50여 회이었던 것을 감안하

참모들을 격려하며

부대 현황 보고

면 7회의 부대표창은 기록적인 결과이었다.

1986년 1월 16일 오후 2시, 나는 온갖 정열을 쏟아 지휘하여 왔던 노도부대를 떠나게 되었다. 이취임식이 끝나고 돌아오는 길 양편에서는 내가 상상하지 못했던 많은 장병들과 가족들이 환송해 주었다. 특히 내가 지금까지 보지 못했던 피켓을 들고 흔들며 진지한 모습으로 나를 환송해 주었다. 피켓에는 "사단장님 고생 많으셨습니다", "안녕히 가십시오", "건강하십시오", "더욱 무운장구하십시오" 등의 문구가 새겨 있었으며, 각급부대 정문이나 사거리 지역에는 가족들이 정성껏 꽃다발, 음식, 음료수 등을 준비하여 왔기에 나는 몇 번이고 차에서 내려 이들과 이별의 서운함을 나누었다.

서울로 오는 소양강 굽이굽이를 돌면서 나는 지난날을 회상하였다.

인정과 인정으로 단결되었던 노도부대 장병들, 각자 맡은 바 임무를 솔선하여 시행했던 나의 부하들, 내 나름대로 열심히 가르쳤던 예하지휘관 및 참모들, 흉금을 터놓고 허물없이 즐기던 가족들의 파티, 우리도 한 번 멋있게 해 보겠다고 뛰어다니던 하사관들, 재임 중 겨우 몇 손가락 꼽을 정도로 감소시켰던 사고현황, 기관장들과의 인간적인 깊은 유대, 어느 것 하나도 나의 머리에서 지워지지 않는 아름다운 추억들이었다. 실로 나는 멋 있고, 보람 있고 평생에 후회 없는 사단장 직책을 수행하였다고 자부한다.

부사단장 서근구 대령과 김태순 대령, 박재근 대령, 이재희 대령, 장성득 대령, 김동문 대령, 조우팔 대령, 이춘영 대령, 이남신 대령 등의 연대장들, 그리고 참모장 김종 대령을 비롯한 구승완 중령, 임양묵 중령, 김재환 중령, 서영하 중령, 권영운 중령, 양원모 중령, 이남희 중령, 이방주 중령, 범공천 중령, 조병희 중령, 최태형 중령, 이광용 중령, 유중요 중령, 박하수 중령, 박태봉 소령 등 참모장교 및 직할대장들의 이름은 나의 뇌리에서 떠나지 않을 것이다.

11

35년 간의 군생활을 마감하며

경기도 이동의 사향산 기슭에서

제2사단장직을 마친 나는 중동부전선의 5군단 부군단장으로 보직되었다.

사단장 직책을 마친 사람들은 차기 진급을 위하여 육군본부 일반참모부장이나 합동참모본부의 주요 국장직에 보직되는 것을 희망한다. 그러나 당시 나는 진급이나 보직에 최대의 혜택을 받는 하나회 회원도 아니고 관운이 뒤따르지 못하였는지 그런 자리에 공석도 없었다.

부지휘관직에 보직을 받고 보니 지휘관 시절 때 느꼈던 정신적 긴장감은 다소 감소되고 시간적 여유도 있어서 지난날들을 생각하고 자료를 정리하여 이 책을 쓰기로 하였다.

군대에서 부지휘관직이란 흔히 한직으로 여겨져서 자칫하면 나태해지며 소외감을 느낄 때가 있어 불만 아닌 불쾌감을 느낄 때가 많다. 한국군의 부지휘관 직책은 미군과 달리 부대성패에 대한 책임이 수반되지 않을 뿐더러 직책상 주어지는 권한이 없기 때문이다. 따라서 부지휘관은 자기 스스로 일을 찾아서 하고 군 선배로서 경험과 지식을 토대로 참모들을 조언해 주면서 보람을 느끼는 것이 제일 좋은 기능수행 방법이다.

당시 5군단장은 육사 1년 선배인 장준익 장군이었고, 참모장은 후배인 함덕선 준장이었다. 장준익 장군은 영관시절 육군대학 전술교관을 역임하고 꾸준한 전술연구로 해박한 지식을 겸비한 지휘관으로 군단장 부임 후 의욕적으로 부대 발전을 위해 헌신 노력하였다.

인격적으로도 공과 사가 분명하고 매사를 합리적으로 처리하는 등 훌륭한 지휘관이었다. 전역 후에도 국회의원을 역임하고 북한 문제에 대한 꾸준한 연구로 여러 곳에서 강연초청을 받았다.

미육군협회 연례총회에 참석하고

1986년 10월초, 한미친선협회에서 육군본부로 협조공문이 왔다. 내용은 미국 워싱턴에서 개최되는 미육군협회 연례 총회에 참석할 육군 대표를 추천해 달라는 내용이었다.

박희도 육군참모총장은 유엔군사령부 의장대와 한미연합사령부 작전처장 경력이 있는 나를 지명하고 출장명령을 하달하였다.

미군관계를 고려하여 나를 지명했다는 육군본부 관계자의 이야기를 들었다. 참석인원은 한미친선협회 회원인 대기업체 회장 20여 명과 한미연합사령관 Livesy 대장 외 9명의 미군장교, 그리고 나를 포함하여 30여 명이었다.

나는 회의 개최지인 워싱턴 DC에 가기 전에 조카딸이 살고 있는 뉴욕에 잠시 들렀다. 조카딸 내외의 안내로 Hudson 강이 흐르는 맨해튼 남단의 Sea port에는 세계2차대전에 참전했던 전함과 항공기들이 전시되어 있었다.

저녁식사를 마치고 엠파이어스테이트 빌딩 102층의 관망대에서

미육군 참모총장 위컴 대장의 환영 행사

내려다본 뉴욕시의 야경은 장관이었다.

다음날 흑인들의 할렘가를 갔는데 교포들은 항상 상점 서랍 속에 권총을 넣어두고 있다는 이야기를 들었다. 흑인들은 한국인들이 자기 동네 할렘가에서 돈을 벌어 백인 동네에서 쓰기 때문에 한국인에 대한 감정이 좋지 않다는 것이다. 할렘가를 나와 맨해튼의 중심가에 있는 CENTRAL PARK에 들렀는데 이 공원의 넓이는 서울 여의도와 같다는 설명을 듣고 놀랐다.

다음날에는 뉴욕의 번화가인 Times Sqware와 뉴욕타임스 사옥건물을 지나 WALL STREET가에 있는 World Trade Center에 가서 그 엄청난 규모에 혀를 내둘렀는데 현재는 9.11테러로 없어진 것이 못내 아쉽다.

그 외에 차이나타운, Pan Am 빌딩, 퀸스보로 교량, 윌리암스버그

미육군협회 회장과 함께(왼쪽 두 번째가 필자)

교량 등은 100년 전에 건설되었는데도 끄떡없음을 보고 뉴욕의 역사를 실감하였다.

1986년 10월 12일, 나는 뉴욕을 떠나 워싱턴 내셔날 공항에 도착하니 국방무관 윤덕규 장군과 보좌관 황 중령이 마중 나와 있었다.

회의장소인 쉐라톤 워싱턴 호텔로 가는 중 워싱턴의 첫 인상은 뉴욕과 전혀 다르게 숲도 많고 건물들도 깨끗하게 보였다. 호텔에 도착하니 미8군 연락장교 Miller 중령이 각종 안내서와 회의 일정을 자세하게 설명하여 주었다.

10월 13일 오전 9시 30분, 1986년도 미육군협회 연례 총회가 개막되었다.

미 육군장관과 참모총장 존 위컴 장군(전 한미연합사령관)을 비롯한 한국, 일본, 서독, 캐나다, 벨기에 등 미군이 주둔하고 있는 나라에서 온 3,000여 명의 회원들이 참석하였다.

개회식이 끝난 후 회원들을 위한 리셉션과 오찬이 있었다. 나는 정식초청 인사로 분류되어 주한미군사령부 참모장을 지낸 Palastra 대장, 한미야전군사령관을 역임한 Vaught 중장과 같은 테이블에 앉았는데 내가 한미연합사 작전처장시 인연을 계기로 무척이나 반가워하였다.

저녁 7시부터는 각국 지부별, 미국 각주별로 주최하는 행사가 있었는데 9층의 906호실에서는 '한국의 밤' 행사가 성대하게 개최되었다. 음식은 주로 갈비찜을 포함하여 한식으로 준비하였는데 한국에서 근무했던 장군과 영관 장교들이 많이 참석하였으며 행사에 참가한 교포들이 놀라는 표정이었다.

나는 한미연합사 근무시절 직속상관이었던 위컴 참모총장, 작전

주한미군사령부 참모장을 지낸 Palastra 대장과 함께

한미연합사 작전처장시 작전부장 Moore소장과 함께

참모 무어 장군, 군수참모부장 포인터 장군, 나와 같이 근무했던 영관 장교들도 만나 무척 기뻤다.

10월 14일 오전에는 세미나에 이어서 오찬이 있었는데 참모총장 위컴 대장을 비롯하여 대장급 장군이 네 명이나 참석하였다.

오찬이 시작되기 전 사회자의 안내로 각국 대표로 초청된 사람들이 소개되었다. 영어의 알파벳 순서에 따라 일본 대표에 이어 내가 소개되었는데 많은 참석자들이 열렬한 박수로 환영해 주었다. 이 영광스러운 장면은 내 평생을 통하여 잊지 못할 것이다.

국군의 날 행사책임을 맡고

5군단 부군단장직도 1년이 지났기에 나는 영전(중장 진급)을 위한 직책을 기대하고 있던 중, 1987년 1월 15일 건군 제39주년 국군의 날 행사계획단장으로 명령이 났다. 실망하는 나에게 군단장 장준익 장군은 오히려 좋은 기회라고 격려해 주었다.

군 조직에서는 소장(少將)까지는 본인의 실력(경력, 고가성적 등)과 관운이 따라야 하지만 중장(中將)급부터는 결정권자의 소위 낙점(落點)에 의한 결정이 중요하다.

종종 대형시범이나 큰 행사를 책임졌던 사람들이 진급이나 영전의 혜택을 받은 관례도 있었다.

건군 제39주년인 1987년도 행사는 제5공화국 마지막 행사이어서 창군 이래 최대 규모의 행사를 실시한다는 것이 국방부의 방침이었다. 나는 40여 명의 계획단 요원들과 함께 군생활의 마지막 기회로 생각하고 정성과 심혈을 기울여 창군 이래 최고의 행사를 하겠다고 결심하였다.

먼저 계획단 요원들에게 1인당 3건 이상의 새로운 행사 아이디어를 구상하여 발표토록 하고, 외국 주재 무관을 통하여 주재국의 특색 있는 행사 자료를 수집토록 하여 행사기본계획을 수립하였다.

행사기본 방침으로서는 첫째, 창군 이래 가장 큰 대규모 행사를 한다. 전체 행사 및 행사장의 관람인원은 1984년도의 146,000여 명보다 8,000여 명이 증가된 154,000여 명으로 계획하고 행사장비도 1984년도의 26종 804대보다 6종 94대가 증가된 32종 898대가 참가토록 하였다.

둘째, 가장 특색 있는 행사를 실시한다. 지난날 행사 때의 경직된 행사가 아닌 밝고 화려한 경축분위기를 조성하기 위하여 식전행사로 고적대시범, 카드섹션, 서울시 어머니합창단에 의한 군가와 흥겨운 노래를 합창하여 경축분위기를 고조시키기로 하였다.

또한 고증에 의한 신라, 조선조, 구한말 군대의 복식을 착용하여 열병 및 분열에 참가시키고 국군의 태동기를 상징하는 광복군 및 창군요원의 행진, 50년대를 상징하는 6.25참전국기 및 참전용사행진, 60년대 및 70년대를 상징하는 월남참전군기 및 참전용사 행진과 80년대를 상징하는 한국형 전차와 현무유도탄 행진을 계획하였다.

셋째, 범국민적 축제 및 축제분위기를 조성하기 위하여 각종 매스컴을 통한 국군의 날 특집보도를 실시하고 시가행진시 최초로 경제, 사회 및 문화의 발전상, 국군의 발전상, 88올림픽의 대영광 등을 내용으로 하는 상징화된 조형물 행진을 계획하였다.

종합계획을 작성하여 정부 및 청와대 관련부서와 협조회의를 마치고 이기백 국방부 장관에게 최초보고를 하였다.

계획을 완성하기까지 참모장 강의영 준장을 비롯하여 인사참모 한중석 대령, 작전참모 안삼수 대령, 군수참모 유상열 대령, 정훈참모 부무길 대령, 공군참모 김종환 대령 등의 헌신적인 노고가 많았다.

1987년 6월 2일, 나는 온갖 심혈을 기울여 만든 국군의 날 행사계획을 전두환 대통령에게 보고하였다. 과거행사에 비하여 무려 18종의 새로운 행사 내용과 20여개 항목의 행사개선 내용, 행사 참가인원 규모, 특히 어머니합창단, 여고생들의 고적대 행진 등 군과 국민이 참여하는 계획에 대하여 대통령은 획기적인 행사계획이라고 칭찬을 여러 번 하였다.

1987년 10월 1일, 오늘은 건군 제39주년 국군의 날이다.

아침 7시부터 정오까지 무려 5시간을 행사장에 긴장감으로 서 있던 15,000여 명의 장병 중 한 사람도 쓰러진 사람이 없었다. 단 1초의 오차도 없는 공군과 육군항공대의 편대비행 등 창군 이래 최대 규모의 특징 있는 행사를 성공적으로 실시하여 행사를 직접 관람하였거나 중계되는 TV를 시청하였던 많은 사람들은 이구동성으로 찬사를 아끼지 않았다.

전두환 대통령은 10월 1일 경회루에서 있었던 경축리셉션장에서, 10월 3일 3군사관학교체육대회시, 10월 4일 청와대 격려 오찬석상 등에서 성공적인 행사에 대하여 칭찬을 하였다.

성공적인 행사로 행사계획단의 작전참모와 국방부 의전과장이 장군으로 진급하는 전례 없는 포상이 뒤따랐다. 많은 사람들은 나의 영전에 큰 기대를 하였으나 육군참모총장이나 국방부장관(청와대 계획보고 후 정호용 장관 부임)의 도움도 없어서 수도군단 부군단장으로 보직되었다.

기대했던 것과는 달리 오히려 두 번의 부군단장(5군단, 수도군단) 보직에 군생활을 스스로 마감할까 하는 분노와 함께 내 자신의 운명이란 두 글자에 회한을 묻어버리기로 하였다.

서울 삼각지와 충청도 계룡대 시절

1988년 1월 20일, 육군본부 상무사업단장으로 보직되었다.

상무사업이란 전남 광주 송정리에 위치한 육군의 각 병과학교를 교외로 이전시키는 장기적이고 방대한 사업이며, 전라남도 도민과 광주시민이 희망해 온 정책적인 중요한 사업이었다.

1989년 7월 5일, 서울에 있었던 육군본부는 계룡산이 있는 충남 논산군 신도안 지역으로 이전하였다.

육군본부는 1948년 12월 15일 최초로 서울 중구 을지로 2가(현 외환은행 본점)에 위치하였다가 6.25 한국전쟁 중 수원, 대전, 대구, 부산을 거쳐 1955년 서울 용산 삼각지로 이전하였는데 34년간의 용산시대를 마감하고 계룡산의 신도안시대를 개막하게 된 것이다.

나는 서울 용산시대의 폐막과 신도안(계룡대로 명면)시대 개막의 역사적 전환기에서 35년간의 군복무를 마친 행운아라고 자위하고 싶은 심정이다.

새로 이전한 계룡대 일대는 공기도 좋고 물도 좋으며 주위환경은 더욱 좋았다. 이때에 육군참모총장은 육사 1년 선배인 이종구(李鍾九) 장군이었고, 일반 참모부장급은 17기와 18기 후배장군들이 보직되어 있었다.

참모총장 이종구 장군은 제6공화국에 접어들면서 사회의 각계각층에서 부르짖는 민주화 소리와 군부에 부정적 시각을 갖고 있던 일부 사람들의 군사문화 배척 등 어려운 시기에 군의 위상확립을 주된 지휘목표로 하며 슬기롭게 지휘하였다.

그는 원래 명석한 상황판단 및 분석력과 결심사항의 강인한 추진력으로 후배들의 신뢰와 존경을 받아왔지만 옆에서 지켜본 나로서는 부단한 자기발전의 노력에 존경심이 우러나왔다.

1990년 1월 중순 나는 임시 편성된 육군본부 정책연구위원회 위원장이라는 군에서 마지막 보직을 받고 같은 해 7월 31일부로 권병식, 김도수, 장덕현, 정수열, 최홍걸 장군 등 다섯 명의 동기생들과 함께 퇴역하였다.

1955년 7월 1일 육군사관학교에 입교하여 군복을 입은 지 만 35년 만에 군복을 벗은 셈이다. 군복을 벗은 날 그간의 군생활의 보람과 고통스러웠던 지난날이 주마등처럼 눈앞을 스쳤다.

군생활의 마지막 직속상관인 이종구 참모총장의 깊은 관심과 배려가 지금도 잊혀지지 않는다.

12
대한무역진흥공사 (KOTRA)

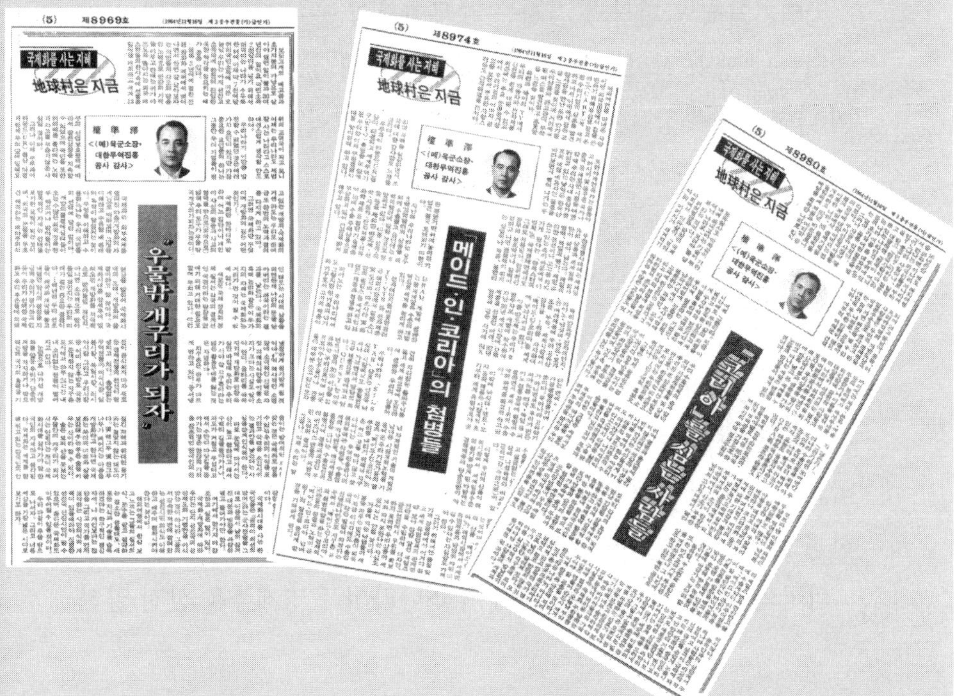

대한무역진흥공사(KOTRA)

군에서 전역하고 사회생활에 접어든 지 2년이 채 안될 때 나는 국영기업체인 대한무역진흥공사 감사로 발령을 받았다.

국영기업체의 사장과 감사는 주무장관의 추천으로 대통령이 임명하는데 평소 신뢰로 정감이 오갔던 청와대 경호실장 이현우 장군이 나를 상공부장관에 추천하여 임명이 된 것이었다.

대한무역진흥공사는 우리나라의 연간 수출액이 1억불이 되지 않을 때 박정희 대통령이 수출 진흥을 위해 설립한 국영기업체이다. 내가 부임할 당시에는 이미 기반이 잡혀 기업체나 무역인들은 'KOTRA' 하면 모르는 사람이 없었고 수많은 출입기자들도 세계의 경제 흐름을 파악하기 위하여 수시로 출입하였다.

세계 80여 개국에 108개의 해외무역관을 운영하고 있었으며 주재국의 경제정보를 종합분석하여 정부의 해당부처와 대기업을 포함한 수출업체를 지원하고 있었다.

외국의 바이어(구매자)들에게 우리나라의 유명제품을 선전 알선하여 해당업체와 수출계약을 체결할 수 있게 도와주고 해외 무역관에서는 우리나라의 수입업자들에게 모든 편의를 도와주고 있었다.

직원들은 주로 서울의 유명대학을 나와 몇 십대 일의 경쟁률을 뚫고 입사한 엘리트들이었다.

영어와 기타 외국어에 능통하고 경제이론에 우수하며 국가이익을 위한 업무수행과 열정은 정부 어느 기관의 직원 못지않은 애국자들이었다.

해외무역관은 중남미지역, 아프리카지역뿐만 아니라 정식국교가 수립되지 않은 사회주의 국가에서도 운영되고 있어서 우리나라 중소기업(수출업체)들은 황무지나 다름없는 그곳에서 KOTRA 직원의 도움은 절대적이었다.

뿐만 아니라 상무관이 없는 한국대사관에서는 KOTRA 무역관장이 상무관 역할을 하였다. 이때의 KOTRA 사장은 김철수(金喆壽) 씨였는데 부친이 경제기획원 장관을 역임한 김유탁 씨였고, 김 사장은 미국의 저명한 대학을 졸업하였으며, 인격이 훌륭하고 경제부처에서 근무한 경력이 있어서 경제분야에 해박한 지식을 겸비하였다.

원래 감사의 임무는 국가예산의 적법한 집행과 업무의 타당성을 감독 · 조정하는 것이나 넉넉지 못한 예산으로 국익을 위하여 최선을 다하는 이들에게 고마움을 느꼈다.

나는 이들에게 무엇을 어떻게 도와줄 것인가를 고민하면서 회사의 어려운 일이 있을 때 개인적으로 친분이 있는 경제부처 간부나 국회의원들에게 도움을 청하곤 하였다.

나는 35년간의 군생활에서 느낀 정감 못지않게 4년간의 KOTRA 생활에서 많은 것을 배우고 직원들과도 많은 애정을 느꼈다.

내가 대한무역진흥공사 감사로 재직시 세계는 국제화의 물결이 요동치고 있었다. 군에서도 장병들에게 이러한 시대흐름을 교육시키고자 국방일보사에서는 '국제화를 사는 지혜－지구촌은 지금' 이라는 제하에 바깥세상을 이해하자는 뜻으로 10회에 걸쳐 연재를 요청해 와 내가 느낀 바대로 써본 내용을 다시 한 번 전재(全載)한다.

우물 밖 개구리가 되자

보릿고개의 배고픔과 초가지붕의 가난으로 살아야 했던 일이 불과 30여 년 전의 일이요, 국민소득 2천 달러를 넘기 위해서 허덕이는 나라가 수두룩한 터에 이제 막 7천여 달러의 국민소득에 이른 오늘날 우리는 마치 선진 고소득국에 완전히 진입한 듯한 착각을 일으키는 때가 종종 있다.

물론 3년여에 걸친 전쟁 참화와 폐허에서 벗어나면서 한 번 잘 살아보자는 국민들의 각오와 땀 흘린 노력으로 한강의 기적을 이루고 한때는 귀가 아프도록 쏟아지는 외국 매스컴들의 찬사 속에 서울올림픽을 개최하고 세계 13위의 교역국이 되고 보니 이제는 우리나라도 제법 잘 사는 나라라고 스스로 대견스럽게 생각할 만도 하다.

우리나라가 이만큼 발전할 수 있었던 것은 여러 가지 요인이 있지만 가장 중요한 요인 중의 하나는 그동안 우리 기업들이 정부의 산업정책에 따라서 발전 성장을 지속할 수 있었으며 국민들 또한 허리띠를 졸라매는 노력과 각고를 서슴지 않은 사실일 것이다.

(5) 제8969호 (1964년11월16일 제3종우편물(가)급인가)

국제화를 사는 지혜

地球村은 지금

權準澤
<(예)육군소장·
대한무역진흥
공사 감사>

“우물밖 개구리가 되자”

그러나 이제 우루과이라운드(UR) 협상 타결과 함께 우리 앞에 밀려오고 있는 개방화 · 국제화의 거센 파도는 우리로 하여금 또 한 번의 노력과 결의를 다지게 하고 있다.

그러면 국제화란 무엇이며 개방화의 길은 어떤 것인가?

국제화란 한 마디로 말하여 어느 집단이나 개인이 자신의 활동과 사고의 영역을 밖으로(외국으로) 넓혀 우리 모두가 우물 밖의 개구리가 되자는 것이다.

국제화는 외부세계를 열려진 마음(개방화의 자세)으로 바라보며 그것을 이해하고 수용할 때 본래의 목적이 달성되는 것이다. 무엇을 이해하고 수용하느냐는 우리 국민들의 선택에 달린 일이다.

개방의 물결에 실려 들어오는 수많은 외국 것을 전부 따르거나 받아들이는 맹목적인 자세는 선택을 포기한 모방이 되는 것이며, 외국의 문물을 무조건 배격하는 배타주의적인 태도는 시대적 상황을 외면한 채 나라의 문을 닫아버리는 쇄국이라는 결과를 낳는다. 국제화의 흑백논리와 같은 이 두 가지의 자세는 국제화와는 거리가 먼 것이 될 수밖에 없다.

새로운 국제정치와 경제질서는 각국의 경계선인 국경이라는 담장을 없애기 위해 거대한 힘으로 밀어붙이고 있다. 이런 현상을 말하여 국제화시대의 도래, 개방화의 물결이라고 할 것이다. 국제화시대를 앞세우며 밀려오는 개방화를 적극적으로 받아들일 것인지, 아니면 소극적으로 받아들일 것인지는 우리의 미래가 걸린 중요한 결정이다. 1백 년 전 우리 선조들이 쇄국과 개국을 놓고 내렸던 당시의 결정을 지금의 우리가 평가하고 있듯이 우리가 선택한 국제화도 우리 후손들에 의해 냉정하게 평가받게 될 것이다. 이 역사적인 소명 앞에 소극적인 선택은 자칫 피해의식만을 키울 소지가 크다는 사실도 알아야 한다. 울타리를 꼭꼭 지키며 개방화로 인한 득실만 따질 때 우리는 우리가 서야 할 지구촌이라는 넓은 활동무대를 잃는 것은 자명하다.

지구촌은 하루가 다르게 변하고 있다. 동서냉전이 종식되자마자 새로 운 경제전쟁의 전선이 형성되고 있다. 총칼 없는 무역전쟁이 미국시장, 일본시장, 독일시장, 러시아시장 그리고 우리 시장 등 이미 전 · 후방도 국경도 존재하지 않는 지구촌 도처에서 하루 24시간 내내 소리 없는 전쟁이 벌어지고 있다.

눈앞으로 다가선 개방화를 앞둔 우리가 단순히 개방을 저지하거나 막으려는 데 국가의 총력을 기울이는 방어적인 자세를 갖는 것은 국제화로 얻을 수 있는 우리의 이익을 포기하고 국력을 소진시키는 결과만을 낳는다는 사실을 함께 인식해야 한다.

바로 눈앞에 다가서는 산이 높고 험하다고 해서 수백 리 길을 돌아가거나 파도가 거칠고 무섭다고 해서 수만 리 바닷길을 돌아가는 것은 한강의 기적을 창조했던 한국인의 끈질긴 저력과 위대한 용기와는 걸맞지 않는 태도이다. 몇 백 그루 몇 천 그루 나무가 베어지는 아픔을 개방화라고 한다면 국제화는 우리의 미래와 삶을 보장해 주는 푸른 숲을 키우는 산이라 할 수 있다.

숲은 보되 산을 못 보는 우물 안의 개구리가 되어 서는 안 된다는 것이 국제화시대를 살아가야 할 한국인의 자세라고 생각된다. 국제화는 세계를 향해 뛰고 있는 한국인의 안목과 시야를 넓혀 주는 막강한 힘으로 뒷받침될 것이다.

국제화시대를 사는 한국인들은 '공격이 최선의 방어'라는 군사전술을 그대로 이용해서 남의 잠겨진 대문과 빗장을 과감히 열고 들어가야만 한다.

여기에서 한 가지 더 강조하고 싶은 말이 있다.

국제화 · 개방화에 따라 우리는 단지 선진국의 선진제도와 기법만을 이식 받는 것이 아니라 그들의 저 깊숙한 저변에 깔려 있는 선진시민 의식도 이해하고 배우며 정착시켜야 한다는 것이다.

해외여행에서 항상 보고 느끼는 그들의 질서의식, 분수를 알고 절약하는 검소한 생활태도, 새로운 지식과 기술을 습득하겠다는 학구적인 정신자세, 나 개인보다는 집단을 그리고 국가를 먼저 생각하는 시민의식의 개혁이 있을 때라야 진정한 선진국 선진시민이 될 수 있으며 참다운 국제화도 이루어질 수 있을 것이다.

우리 다 같이 우물 밖으로 나서자. 그리고 너른 세상을 가장 넓은 시야로 보기로 하자.

'메이드 인 코리아'의 첨병들

해외여행을 다녀온 사람이면 외국공항에서 짐을 운반하기 위해 무심코 끌고 온 카트(CART)에 새겨진 우리 기업의 상표를 발견하고 마치 이국에서 정든 고향사람을 만난 듯한 반가움을 느꼈을 것이며, 거리에서 우리 상품의 광고판이 부착된 버스를 발견하고 흐뭇함을 느꼈을 것이다.

유럽과 북미의 TV에서 우리의 자동차와 전자제품 선전을 쉽게 대할 수 있고 최근에는 주요 운동경기장에서 우리 기업의 이미지 광고를 보면서 뿌듯한 자랑스러움도 간직하였을 것이다.

또한 아시안 국가는 물론이고 러시아 및 동구권 국가나 중국 등 새로운 시장을 여행할 때 우리는 시내 중심가를 밝히고 있는 낯익은 한국 상표의 대형 네온사인 물결을 바라보면서 뻗어 나가는 우리의 국력을 실감하면서 조국에 대한 감사함도 느꼈을 것이다.

우루과이라운드(UR) 협상이 타결되고 세계무역기구(WTO) 출범을 눈앞에 둔 우리는 이제 무한경쟁시대를 맞이하려 하고 있다.

(5) 제8974호 (1964년11월16일 제3종우편물(가)급인가)

국제화를 사는 지혜

地球村은 지금

權準澤 <(예)육군소장·대한무역진흥공사 감사>

「메이드·인·코리아」의 첨병들

무한경쟁시대에는 세계일류의 상품과 세계일류 회사만이 살아남는다. 제일의 병력, 제일의 병기, 제일 유리한 전선이나 고지를 차지하고 있는 측이 싸움에서 이기게 된다는 '란체스터의 법칙'은 국제경제면에서도 그대로 적용된다. 인위적인 정부의 보호막이나 장벽이 걷히고 나면 경쟁력이 뒤지는 산업이나 제품, 불합리한 경영기반 위에 놓여진 기업은 결국 도태되기 마련이다.

지난해 우리나라는 모두 8백24억 달러의 상품을 해외에 수출했고 금년에는 9백억 달러에 달할 것으로 전망되고 있다. 이 중 섬유 · 직물 등을 제외한 반도체 · 선박 · 자동차 · 전자제품 · 석유화학제품 등 첨단기술제품이10대 수출 주력상품으로 부상하고 있어 전망을 밝게 해 주고 있다.

특히 반도체 · 전자레인지 · 피아노 · 낚싯대 · 텐트 · 모자 등 여러 제품에 우리 고유상표를 부착, 세계시장에서 점유율 1위를 차지하여 '메이드 인 코리아'를 세계에 부각시키고 있다.

이중 반도체는 우리가 후발주자로 개발에 착수하여 지난 1986년 세계시장에 D램 제품을 선보인 이래, 1992년 일본과 같은 시기에 64KD RAM 개발에 성공하는 등 세계일류 수준의 개발력으로 세계를 놀라게 하고 있다.

전자레인지를 비롯한 컬러 TV · VTR 등 전자제품은 해외시장에서 일본 소니 및 도시바, 마스시타 및 화란의 필립스 등 세계적인 브랜드 제품과 경쟁을 하고 있다.

피아노는 우리나라에서도 그렇지만 한 가족의 악기와 가구로서 고가의 제품이라는 면에서 대물림을 하는 가정생활용품이며 문화용품이다. 우리나라 고유악기가 아니면서도 우리가 만든 피아노를 미국 · 독일 등 피아노 전통 강국에 활발히 수출하면서 세계 1위의 수출국의 위치를 확고히 하고 있다.

이밖에 낚싯대 · 텐트 · 모자 등의 제품은 시장개척 초기부터 세계 유명상표가 굳건히 자리잡은 틈바구니를 뚫고 세계 최고급에 도전하여 성공한 우리의 상품이다.

우리나라의 'SIILSTAR' 상표는 선진국 낚싯대 시장에서도 품질면에서나 가격면에서 당당히 최고급 제품으로 판매되고 있다. 'QUESTJ' 는 미국 텐트시장의 30% 이상을 점유하는 우리 상표이며 미국 프로야구선수들이나 관중들이 대부분 쓰고 있는 모자는 'YOUNGAN' 상표의 모자이다.

1960년대 초 우리의 수출품이 자기 이름을 버리고 얼굴 없는 상표로 세계시장에 나섰을 때와 비교하면 금석지감(今昔之感)이 있다.

이렇게 우리의 상품이 해외시장에서 세계일류수준의 평가를 받게 된 바탕에는 경쟁제품의 단순모방이 아닌 자체적인 기술의 개발과 남다른 시장개척 노력을 기울여 온 우리 기업가들의 열정과 '메이드 인 코리아' 의 뿌리를 내리기 위해서 지구촌 어느 곳을 마다 않고 찾아다니는 무역진흥공사의 해외무역관 직원들, 수출업체의 지사원들, 해외 세일즈 출장을 다니는 수출전선의 첨병이며 경제외교관인 우리 비즈니스맨들의 피땀 어린 노력의 결과이다.

그렇다. 이제 우리는 할 수 있다.

국제화의 목표는 국가경쟁력 강화이며 이는 개인은 물론 경제를 비롯한 모든 분야를 국제적 수준으로 끌어 올려 세계 어느 나라와도 경쟁할 수 있는 수준에 도달하는 것이며 이를 위하여 우리의 상품 '메이드 인 코리아' 가 해외시장에서 세계의 유명제품과 당당히 싸워 이길 수 있다는 자신감도 가져야 한다.

그러기 위해서는 품질 및 가격 경쟁력에서 이겨야 하고 세계 유명업체의 판매전략보다 한 발 앞선 세일즈 전략을 수립하여 디자인, 광고 선전에서 우위를 확보하지 못하면 우리 상품이 세계화되지 못한다는 사실도 잊어서는 안 될 것이다.

가을에 지는 낙엽들이 새 봄을 피우는 밑거름이 되듯이 지금 이 시각에도 수출입국의 작은 밀알이 되겠다는 신념 하나만으로 지구촌 곳곳에서 '메이드 인 코리아' 의 첨병역할을 하는 경제외교관들의 정열과 노력이 곧 '메이드 인 코리아' '넘버원!' 의 함성을 울리게 할 것을 기대하게 된다.

'코리아' 를 심는 사람들

10년 전만 해도 해외여행을 하자면 이 나라 저 나라에서 만나는 외국인들로부터 "어느 나라 사람이냐 일본인? 중국인?" 이라는 질문을 받고 " '한국사람이다" 라고 대답하면 "한국이 어디쯤 있는 나라인지 주위에 있는 나라 이름 좀 대봐라" 는 등의 호기심 어린 질문을 받는 일이 종종 있었다.

그러나 지금은 사정이 달라졌다. 구미 선진국 사람들의 한국에 대한 이미지는 전쟁의 폐허에서 경제기적을 이룩한 나라, 88올림픽을 개최하고1992년 바르셀로나 올림픽 때 처음과 마지막 금메달을 획득한 나라로 인식되어 있고 동남아, 중동, 아프리카지역의 개발도상국 사람들은 우리의 경제력을 일본수준으로 생각하고 한국에 가면 떼돈을 벌 수 있는 꿈의 나라로, 교육열이 대단해 우수한 인력이 많은 나라, 아무리 어려운 건설토목공사도 악착같이 기한 내에 해내고 마는 기술이 뛰어난 나라로 '코리아' 를 알고 있는 것이다.

허허벌판과 같았던 국제사회에서 이와 같이 '코리아' 의 이미지

(5) 제8980호 〈1964년11월16일 제3종우편물(가)급인가〉

국제화를 사는 지혜

地球村은 지금

「코리아」를 심는 사람들

權準澤
<(예)육군소장·
대한무역진흥
공사 감사>

가 새겨지기까지에는 체육·문화·예술 등의 분야에서 세계무대를 주름잡거나 이름을 떨쳐 국위선양에 공헌한 사람들과 태양열이 이글거리는 열사의 나라에서 외화 획득을 위해 어려운 공사를 해냈던 근로자들, 우리 상품을 팔기 위해 상담서류와 샘플을 가방에 잔뜩 넣고 온 세계를 누비고 다니는 세일즈맨들의 눈물과 땀방울이 담겨 있는 것이다.

어찌 그 뿐이랴. 지금 이 시각에도 우리 삶의 지평을 넓히고 한국을 심으려고 세계 구석구석의 전진기지에서 땀을 흘리며 교역과 합작 투자에 열중하는 기업인, 원양어업에 진출한 선원, 남극기지에서 조사사업에 열중하는 과학인, 모국어 교육에 헌신하는 교육자, 그리고 각자의 생업에 최선을 다하면서 조국의 발전을 기원하는 수많은 교포들도 있지 않은가?

그런가 하면 30여 년 간 우리나라 수출 진흥을 위해 아프리카 오지로부터 백야와 동토의 나라 북극에 이르기까지 오늘도 동분서주하고 있는 대한무역진흥공사(KOTRA)의 코트라맨들도 있다.

해외에 근무하는 코트라맨들이야말로 지금 65개국 81개 무역관을 거점으로 하여 최신의 무역 정보수집과 우리 수출업체의 손과 발이 되어 시장개척활동 및 상담 주선 등, 또 상오에는 세일즈맨으로, 하오에는 외교관으로, 저녁에는 우리 문화를 소개하는 1인3역의 홍보요원이다.

그들은 마치 공휴일도 없이 24시간 전후방을 지키는 국군장병들처럼 경제전쟁터의 최전방에서 분투하는 첨병들이며 지구촌 곳곳에 코리아를 심는 용사들이다.

코트라맨 이들의 해외근무생활 뒤안길에는 남다른 애환(哀歡)도 많다. 임신한 아내와 두 살짜리 아들을 데리고 중남미의 과테말라나 코스타리카 등의 임지로 떠나면서 미지의 세계에 대한 기대감과 불안감에 젖어들기도 하며 섭씨 40°가 넘는 중동지역에서, 외부세계와의 소식이 캄캄한 미얀마에서, 산소가 부족한 남미의 고산지대에서, 말라리아 열병과 풍토병에 걸리지 않으려고 세 살과 다섯 살밖에 안 되는 아이들에게 키니네를 먹여야 하는 아프리카 대륙의 코트디부아르의 수도 아비잔이나 나이지리아의 라고스에서 어려운 삶의 여건을 극복하면서 구슬 땀을 흘리고 있는 것이 코트라맨들이다.

이러한 고달픔 속에서도 주재국의 바이아들을 설득하여 무역관을 찾아온 우리의 세일즈맨과 천신만고 끝에 수출계약이 이루어졌을 때, '메이드 인 코리아' 제품이 잘 팔린다는 바이어들의 기쁜 전화를 받았을 때의 희열은 오랜 가뭄 끝에 단비를 맞아 흐뭇해 하는 농부들의 기쁨에 버금가는 것이라 할 것이다.

동유럽, 구소련을 중심으로 한·미수교국가에 무역관을 개척하였으나 그 나라에 상주하고 있던 북한 공관으로부터 감시의 표적이 되어 항상 긴장된 상황 속에서 한국을 소개하며 시장개척 활동을 하고 경제협력 활동을 통해 마침내 정식국교수립에 한 몫을 하였을 때의 코트라맨들의 긍지와 보람은 평생 가슴 속에 묻어두어야 할 영원한 추억들이다.

코트라맨들이 우리 세일즈맨과 외국의 바이어 간의 상담주선을 하면서도 불안하고 안타까움을 느낄 때도 적지 않다.

중국인과의 상담에서 우리나라 사람들은 비교적 직선적이고 성격이 급하여 자신의 급소를 손쉽게 노출시키는 데 반하여 중국인은 타고난 만만디 기질과 벗기고 벗겨도 새로운 껍질만 나오는 양파처럼 상대를 파악하기까지는 쉽게 속을 드러내 놓지 않기 때문에 이들과의 상담에서 항상 손해 보는 경우가 그렇고, 일본에서는 필요 이상의 솔직함은 오히려 경계를 유발하는 신호가 된다는 것을 모르고 친근하게 보이기 위해 너무 솔직하여 약삭빠른 바이어들과의 가격 교섭 등에서 역이용당하는 사실 등은 국제화 무한경쟁 시대에 접어든 오늘날 우리 세일즈맨들이 반드시 새겨두어야 할 교훈일 것이다.

이제 한국은 극동에 자리잡은 '작은 나라'가 아니다. 지구촌 곳곳으로 코리아가 심어져 있고 한국의 국가경쟁력도 결코 만만치 않은 것으로 널리 알려져 있다. 모두가 그동안 지구촌에 코리아를 심고자 해서 밤낮없이 뛰어다닌 사람들의 개척과 용기 때문일 것이다.

외국인 눈에 비친 '한국, 한국인'

국내에 거주하는 외국인이나 우리나라를 다녀간 외국인들에게 한국에 대한 인상을 물으면 오랜 역사와 문화를 가진 민족, 인내와 끈기의 저력을 가진 국민, 한강의 기적을 바탕으로 선진국을 향하여 발돋움하는 나라 등 처음에는 한결같이 듣기에 민망할 정도로 칭찬을 한다.

매사의 긍정적인 면부터 거론하는 선진국 사람들의 사고방식이지만 기분이 좋으면서도 한편으로는 부끄러움을 느낄 때가 없지 않다.

지난 봄 업무출장으로 뉴욕에 머문 일이 있다. 뉴욕은 세계에서 가장 국제화된 도시다. 월스트리트의 금융가에서부터 흑인촌 할렘에 이르기까지 1백여 개 이상의 인종들이 함께 모여 사는 도시가 바로 뉴욕이다. 이 국제도시에서 소수민족들이 평가받는 가장 중요한 기준의 하나는 준법정신과 에티켓이다.

그 기준은 철저하게 유럽과 미국을 중심으로 발달해 온 서구적인

기준이다. 그 기준을 잘 지키고 사는 민족은 문명민족으로 대접받게 되어있고 그렇지 못한 민족은 2류나 3류 그룹으로 분류되는 것이다.

미국 같은 다인종국가에서 이런 구분법을 밖으로 드러내 놓고 얘기하지는 않지만 사람들의 처신에 따라 그 나라와 민족의 이미지가 각인되는 것은 분명하다.

뉴욕무역관에 근무하는 현지직원(미국인)들과의 오찬을 끝내고 담소도중 한국(인)에 대한 장점은 그만 두고 단점에 대한 솔직한 의견을 물어 보았다. 처음에는 다소 머뭇거리다가 그들의 성격대로 거침없이 나오는 대답은 무역관이 들어있는 건물은 금연원칙이 정해진 빌딩인데 이곳을 방문하는 한국인 중에는 마구 담배를 피워대거나 대화 도중 대뜸 개인의 가족관계나 부모의 직업 같은 것을 물을 때는 당혹감과 불쾌감을 느낀다는 것이었다.

미국은 철저하게 자수성가 독립정신의 전통이 강한 나라이기 때문에 웬만큼 친한 사이라 해도 부모의 직업 같은 것을 물어보지 않는 게 예의다. 부모가 어떤 직업을 가지고 있건 자기가 잘하면 대통령도 될 수 있고 사장도 될 수 있다는 의식이 철저한 나라에서 한국에서 하는 식으로 부모의 직업에 대한 질문을 하면 무례하거나 몰상식한 사람으로 오해 받는 사실을 알아야 한다.

또한 사전에 전화 한 통화 없이 불쑥 찾아와서 바쁜 사람 붙잡고 이것저것 질문하면서 급하게 참고자료를 요구하는 것도 큰 부담이 된다고 하였다.

미국 현지직원의 이야기에서 준법정신과 에티켓, 예약문화의 결여, 그리고 언제나 급히 서두르는 조바심의 교훈을 듣는 것 같아 안타까웠다.

얼마 전 모스크바를 방문한 한 한국기업인은 1, 2년 전만 하여도 한국인을 마치 선진국 사람들로 대우해 주던 러시아인들이 어느샌가 한국 사람을 평가 절하하는 듯한 인상을 받았노라고 밝혔다.

러시아인들이 털어놓는 한국인에 대한 불만중의 하나는 상당수의 한국인들이 러시아를 마치 중남미나 아프리카의 후진국처럼 얕잡아보는 경향이 있다는 것이다. 경협차관에 의한 돈을 빌려 쓰고 갚지 않는다는 선입감과 서비스업에 종사하는 러시아인들이 영어가 서툴 뿐 아니라 우리네 관점에서 보면 조금은 무뚝뚝하게 보여서 그런지 몰라도 일부 여행자 중에는 호텔이나 상점에서 그들이 알아듣지 못하는 말로 비웃거나 저속한 용어를 사용하면서 거드름을 피운다는 것이다.

이런 것들은 우리가 당장 고쳐야 할 오점이 아닌가 한다.

한국에 거주하고 있는 외국인들의 눈에는 우리의 모습이 어떻게 비쳐지고 있을까?

내가 아는 미국인 사업가 '데이빗 로스' 씨는 한국인이 많은 도전을 극복하고 성장할 수 있었던 것은 근면과 헌신, 낙관적 태도 등 한국적인 미덕 때문이었는데 근래에는 그런 '한국정신'의 핵심적 요소들이 침식되어가고 있는 것 같아 안타깝다고 하였다. 어떤 과정의 시작으로 생각해야할 것이 최종 목표로 해석되고 있으며 그 결과 국민들이 사회적 관심보다는 개인의 생활수준, 개인의 재산, 개인의 만족에만 집착하는 경향이 생겨 사회적 관심, 공익에 대한 관심이 공격적인 이기심으로 대체되고 있다는 것이다.

주한 오스트리아 대사관의 와인버거 씨는 한국인들의 특성을 강한 자신감과 이를 바탕으로 한 성취욕이며 거기서 비롯하는 자부심이야말로 한국인의 감점인 동시에 단점이라는 충고도 곁들인다. 예를 들면 한국인들은 어떤 일이든지 "일단은 해 보겠다"고 대답하고 직접 부딪쳐보고 나서 "안 된다"는 말을 한다는 것이다.

서양인들은 자신의 생각에 할 수 없다고 판단하면 그 자리에서 "그것은 내 힘으로 불가능한 일"이라고 하는데 한국인들은 "할 수 없다"라고 말하는 것 자체를 체면이 깎이는 일로 생각한다는 것이다. "한 번 해 보자"란 도전정신은 과감한 추진력을 발휘하는 장점이기도 하지만 성급한 판단으로 실패와 좌절을 부른다는 사실도 잊어서는 안 되는 것이다.

일본 산케이신문 서울지국에 근무하는 가쓰히로씨는 한국사회는 의외로 임기응변, 융통성이 많은 나라이며 법이나 규칙이 아닌 개인 판단에 의해 좌우되는 사례가 많으며 이를 다른 시각에서 보면 인간미가 넘치는 따스한 정(情)의 사회라고 할 수 있으나 근대 도시

사회에서는 인간미나 개인적 우정에만 의존할 경우 여러 이기주의들이 충돌하여 효율성이 떨어진다는 사실을 지적하였다.

지금까지 예를 든 외국인 둘의 한국(인)에 대한 인상은 질서와 규칙을 지키는 준법정신 · 에티켓 · 성급함 · 공공의식 등을 강조하면서 우리에게 우회적인 교훈을 말해 주고 있다.

참고로 조선일보와 한국 갤럽이 조사한 주한 외국인이 본 한국, 한국인이란 통계에서 '한국인을 가장 잘 표현하는 말은' 이라는 질문에 중복응답을 포함해서 감정적(50.7%), 친절(47%), 조급함(41.1%), 부지런함(40.7%), 마음이 빈곤함(36.4%), 집단주의(36.4%), 협조적(26.8%), 강압적(13.4%)으로 나왔는데 우리에게 시사하는 바가 크다고 할 수 있다.

지금 우리는 국제화시대를 맞고 있다. 숱한 비관론에도 불구하고 서울올림픽을 올림픽 사상 가장 성공적인 올림픽으로 기록되게 하였다. 온 국민이 친절하였고 질서도 잘 지켰으며 외국에서 온 손님들에게 예의를 지키며 깍듯한 자원봉사도 하였다.

한국인의 기질 대로 "일단 시작하면 여 보란 듯이 한다"는 것을 온 세계에 보여주었다. 우리 모두 무질서, 이기주의, 조급함을 털어버리고 '국제화' 라는 올림픽에 출전하는 선수가 되어 세계 속의 으뜸가는 한국인이 되기로 하자.

유럽여행에서 만난 사람들

경제사정이 나아지고 해외여행이 자유화되면서 1년에 2백여 만 명, 하루에 약 6천 명의 우리나라 사람들이 외국여행을 떠나고 있다. 해외여행의 목적도 비즈니스를 비롯하여 공무 · 연수 · 유학 · 관광 등 다양하다.

이제 북미주는 물론 북구 · 중남미 · 동구권 · 아프리카 · 남태평양에 이르기까지 한국 사람들의 발길이 닿지 않는 곳이 거의 없다. 여행은 우리에게 많은 것을 깨닫도록 가르쳐 주는 스승이나 다름없기에 국제화 시대를 맞아 해외여행을 통하여 자신의 견문을 넓히고 우리의 현 위치를 확인하는 좋은 기회가 되는 것은 바람직스러운 일이다.

선진국을 여행하면서 가장 부럽게 느껴지는 것이 그들의 훌륭한 시민의식이다.

아무리 바쁘더라도 줄을 서서 차례를 기다리는 질서와 자기분수에 맞는 검소한 생활태도, 남녀노소 구별 없이 만나는 사람마다 웃는 얼굴로 인사하는 예절, 나 개인보다 다수를 생각하는 공공의식 등, 그런 선진 시민의식과 만나게 되면 우리보다 짧은 역사와 문화를 갖고 있으면서도 문화시민으로서의 의식을 갖고 사는 이들 앞에서 코리아는 동방예의지국이며 5천년 역사의 운화민족이라고 자랑하기가 쑥스러울 때가 없지 않다.

(5) 제8992호 (1964년11월16일 제3종우편물(가)급인가)

국제화를 사는 지혜

地球村은 지금

유럽여행에서 만난 사람들

權準澤

<(예)육군소장·대한무역진흥공사 감사>

국제화라는 거울에 우리의 모습은 어떻게 비쳐질까. 우리 눈에 비친 우리의 자화상울 그려보기로 하자. 지난 7월 북유럽지역으로 출장을 가면서 프랑크푸르트행 대한항공 비행기를 탔다.

4백여 석의 좌석은 몇 명의 외국인을 제외하고 한국인들로 꽉 차 있었다. KAL기가 김포공항을 이륙한 지 상당한 시간이 지나 대부분의 승객들은 식사를 마치고 잠을 청하고 있는데 몇몇 사람들이 여기 저기에서 큰소리로 떠들며 웃고 있고 스튜어디스의 만류에도 아랑곳없이 금연석에서 마구 담배를 피워대는 사람이 있는가 하면, 옆자리의 외국인에게 소주와 오징어를 반강제로 권하는 낯 뜨거운 광경도 있었다.

그날따라 비행시간(13시간)이 왜 그다지도 긴 세월 같이 느껴졌는지…. 네덜란드의 암스테르담에서 공무를 마치고 여유시간이 있어서 우리에게도 '안네의 일기' 로 널리 알려진 안네 프랑크의 집을 보려고 들렀을 때 마침 그곳에는 세계 각국에서 온 많은 관광객들로 붐비고 있었다. 외국인들은 모두 질서정연하게 줄을 서서 기다리는 동안에도 그곳을 소개하는 안내 책자를 열심히 읽고 있는데 유독 큰 소리로 떠들며 낄낄거리고 쓸데없이 왔다 갔다 하는 사람들은 큰 쇼핑백을 든 한국의 단체 관광객들과 배낭여행중인 젊은 학생들이었다.

스페인의 마드리드에서 교포가 운영하는 한국식당에서 저녁식사를 할 때 외국 손님들이 많이 와 있는 것을 보고 '외화획득' 을 생각하는 작은 애국심(?)으로 흐뭇해 하고 있을 때 20여 명의 한국인(단체 관광객)들이 들어섰다. 30여 분만에 벼락 식사를 마친 이들은 벌써 몇 잔술에 거나해진 사회자의 진행으로 즉석 노래자랑을 벌이는 것이 아닌가.

조용히 담소하며 식사를 즐기고 있던 외국인들의 표정이 달라지더니 마침내 주인을 찾아 항의하는 광경을 보고서는 내가 마치 큰 죄인처럼 느껴지는 것이었다.

파리의 샤를르 드골공항 제1청사에는 대한항공 여객기가 출발하는 쪽의 탑승자 대기실에 조그마한 면세점이 하나 있다. 이 가게는 시내에서의 관광을 마치고 쇼핑까지 끝낸 여행객들이 귀국에 앞서 무엇인가를 빠트리지 않았나 하여 기웃거리게 되는 곳이다. 그 면세점에선 종종 소란이 벌어진다.

비행기의 출발시간이 아직 넉넉하게 남았는데도 한국관광객들은 전혀 줄을 서서 차례를 기다려야 한다는 사실을 잊고 있을 뿐 아니라 서로가 먼저 사려고 밀치고 당기며 고함까지 질러대서 가게를 지키는 프랑스 여인(점원)들을 낭패(?)하게 함은 물론 그것을 지켜보는 외국인들로부터의 원성 또한 만만치 않았다.

물론 앞에서 이야기한 몇 가지 예는 해외여행자중 극히 일부 사람들이 잘 몰라서 저지르는 실수일 수가 있다.

그러나 극소수 일부라고 하더라도 그 같은 행위는 국제화에 역행하는 수치스러운 일일 뿐 아니라 수많은 사람들이 지구촌 곳곳에 심어놓은 좋은 이미지의 한국상(韓國像)을 '어글리 코리안' 이라는 대명사로 먹칠하는 일임을 알아야 한다.

국내에서 스스로 느끼기는 어렵지만 해외에서 나타나는 한국인들의 특징(?) 중 하나는 유난히 큰 목소리와 항상 무엇이 그렇게 급한지 '빨리 빨리' 이다.

그것은 생활문화의 차이라고 할 수 있는 부분이기도 하지만 해외에서 한국인들의 특성(?)을 너무 쉽게 부각시키는 일이기 때문에 우리 다 같이 깊게 생각해 보아야 할 일이다.

외국인들의 한국에 대한 시각(視角)은 준선진국이라는 사실을 우리는 알아야 하며 이처럼 기대가 높아진, 마당에 우리의 민도나 몸가짐이 국제적인 기준을 따라가지 못한다면 '할 수 없는 한계를 가진 민족' 이라는 인상을 남길 우려(憂慮)가 있는 것임을 알아야 한다.

한 그루의 나무를 심거나 뽑아 없애는 일이야 쉽고 간단한 일이나 한 그루의 나무를 곧고 바르게 키우는 데는 많은 정성과 노력을 기울여야 한다. 그간 우리들이 해외에서 심어 놓은 근면하고 성실한 한국인상을 간직하고 지키기 위해 국민 모두가 태극마크를 단 민간 외교관이라는 인식을 갖고 세계인 속의 한국인이 되기 위한 긍지 있는 행동을 해야 할 것이다. 우리 모두 국제인으로서의 기본소양부터 먼저 갖추어 '세계로, 미래로' 뻗어나가기로 하자.

국제화시대와 문화개방도(文化開放度)

우리가 매일처럼 접하는 매스미디어에서는 세계 유명 권위기관에서 발표하는 한국의 국가 경쟁력 순위를 거론하면서 '경쟁력의 급락' '충격' 등의 부제(副題)와 함께 대서특필(大書特筆)하는 것을 볼 수 있다.

물론 거기에는 그럴만한 이유가 있다. 1991년까지만 해도 개발도상국가중 3위를 차지, 싱가포르 · 대만 · 홍콩 등과 더불어 '아시아의 4용(龍)' 으로 불리던 우리나라의 국가경쟁력이 그동안 말레이시아와 칠레에도 밀리기 시작, '지렁이' 로 불리더니 작년에는 마침내 태국에도 뒤지는 양상을 보이고 있는 것이다.

우리가 만만하게 보던 나라에까지 밀려나고 보니 어안이 벙벙하고 아찔한 생각이 들만도 하다. 한 조사에 의하면 대상 41개국 중 우리나라의 국가경쟁력 종합순위는24위이고 특히 국제화부문에서는 39위를 차지, 우리가 그동안 귀가 따갑게 들어왔던 국제화 · 선진화라는 용어 자체를 무색케 하고 있다. 국제화 부문 중에서도 문화개

(5) 제8998호 (1964년11월16일 제3종우편물(가)급인가)

국제화를 사는 지혜

地球村은 지금

국제화 시대와 「文化開放度」

權準澤
<(예)육군소장·대한무역진흥공사 감사>

방도와 보호주의 부문에선 아예 꼴찌인 41위에 랭크되어 있다.

매년 스위스 국제경영연구소(IMD)와 세계경제포럼(WEF)이 공동으로 발표하는 세계경쟁력 보고서 자료는 지난 해에도 국제화 부문에서 우리나라를 파키스탄 · 남아공 · 브라질 · 인도 등에만 앞섰을 뿐 아시아 주요 경쟁국들에 뒤져 있는 것으로 평가한 바 있으며 마침내 태국 · 말레이시아 등 후발개도국들에게도 뒤처지는 것으로 나타나고 있다.

이 기회에 국제화(국가경쟁력) 부문의 한 평가부문인 문화개방도에 대해서 우리가 왜 그토록 낮은 점수를 받아야 하며 우리 입장에서는 그런 사실을 어떻게 받아들여야 하는가의 문제에 대해 생각해 보고자 한다. IMD와 WEF가 각국의 문화개방도를 평가할 때 고려하는 세부요소는 다른 나라의 문화 · 역사와 외국어가 의무교육 기간중에 광범위하게 가르쳐지고 있는지 여부, 과거 5년 동안 국제사회에서 행사한 영향력 정도, 주변 국가와의 대립정도, 외국이 그 나라에 대해 가지는 이미지, 그리고 외국문화에 대한 폐쇄성 여부 등인 것으로 알려진다.

우리나라와 경쟁관계에 있는 여타 개도국들의 사정을 여기서 일일이 열거하여 비교하기는 어렵지만 적어도 우리 입장에서 냉정히 평가하더라도 위의 여러 가지 요소에 대해 우리 스스로도 후한 점수를 주기가 어렵다는 것이 솔직한 심정이다.

첫째, 우리가 국제무대에서 활동하면서 겪는 가장 큰 애로사항중의 하나가 외국어 실력 부족임을 절감하면서도 초등학교 때부터의 영어교육(조기교육) 실시를 놓고 사회적 여건이 아직 성숙되지 않았다든지, 과열과 반목이 우려된다든지 하는 여러 가지 이유로 정식과목으로 채택하는 대신 특별활동 형식을 빌어 수요자 위주로만 가르치는 선에서 이루어지고 있다. 자신이 경험하는 애로를 거울삼아 부모(기성세대)들이 자녀들에게 외국어 조기교육을 실시하길 원하고 있는 현실이나 그 같은 현실적 이유들로 해서 그것마저 원활치 못하는 실정에 있는 것이다.

둘째, 현재 WTO, 즉 세계무역기구의 초대 사무총장 자리를 놓고 우리나라(상공자원부 장관)도 한판승부를 벌이고 있지만 우리가 기억하기로는 그 이전으로 우리가 과연 국제무대에서 우리의 목소리나 주장을 뚜렷하게 드러내고 '코리아'의 역량과 이미지를 심는 데 어떤 노력을 펴왔는가를 생각하게 된다.

우루과이라운드 협상에서도 한국은 중간자적 입장에서 선진·개도국의 입장 조율을 통한 UR의 조속 타결을 위해서 많은 노력을 투자하긴 했지만 농산물 등과 관련하는 일부 협상의제에서 우리 몫에만 급급하는 모습도 없지 않아서 관련국들로부터 '국제문제에의 기여' 라는 점수에서 깎인 것도 그 이유 중 하나이다.

셋째, 주변국가와의 대립 정도 평가에서는 우리나라의 경우 아직도 이데올로기 대립의 직접적 영향권 내에 있다는 특수성 외에도 강한 민족주의적 성향 때문에 주변국가들과 눈에 보이지 않는 마찰관계에 있다는 사실도 평점절하의 요인으로 작용하고 있는 것이다.

넷째, 해외시장에서 한국 상품을 홍보하면 할수록 더 잘 안 팔린다고 어느 상사 직원이 푸념하듯 우리 상품, 더 나아가 코리아에 대한 국제이미지가 항시 곱지만은 않다는 사실이다. 그렇게 보면 우리나라는 국제사회에서 경제적으로는 어느 정도 성공한 나라일지는 몰라도 세련되고 공정한 국제게임이라는 원칙에서는 국제룰에 따라 행동하는 정도가 아직은 성숙되지 못한 국가로 보는 시각이 많은 것이다.

한 가지 실례는 외국문화에 대한 폐쇄성 문제가 될 것인데 대중문화의 꽃이라 할 수 있는 영화에 대한 우리의 태도에서 잘 드러난다. 예를 들면 최근 수입이 허용된 바 있는 프랑스 영화 '엠마뉴엘 부인' 인데 이 영화는 무려 20년 넘게 수입이 보류된 바 있어서 그것 자체가 세계적 뉴스거리가 되고 있다는 사실이다.

이처럼 국제화의 거센 물결 속에서 우리가 당장으로 해결해 나가야 할 산적한 문제들이 있는 것인데 그렇다고 우리가 너무 민감하게 대응할 필요는 없는 것이나 국제환경이 그러하듯 너무 완만하게 대처해서도 또한 어려운 일이 아니겠는가 한다.

문제는 우리가 귀를 열어 모든 소리를 들을 수 있느냐 아니냐에 있는 것으로 보인다. 세계 속의 한국인으로서 의식의 개방화 · 국제화를 부르짖고 있는 마당에 우리의 판단과 행동이 우리의 구호와는 다르게 몇 발자국씩 뒤쳐져가고 있다고 하면 그런 이율배반도 없을 것이다.

결론은 '그렇다면 한국은 국제화의 낙제생인가' 에 있다. 결코 '그렇지 않다' 는 것이 나의 생각이다.

IMD와 WEF가 지난 4월에 세계 유수경영자 1천7백여 명에 대한 설문조사에서 2010년도에 가장 경쟁력을 갖출 것으로 예상되는 국가로서 한국이 5위로 나타나고 있어서 장기적으로는 우리의 국가 경쟁력이 크게 향상될 것으로 평가받은 바 있어 여타 몇 가지 보고서들의 비관적인 분석에도 불구하고 우리의 국제경쟁력의 발전 잠재력은 높은 것으로 평가되고 있음에 유의하게 된다.

다시 한 번 코리아가 '승천하는 용' 이 되기 위해서는 국민 한 사람 한 사람이 어떻게 해야 할 것인가를 생각하게 된다.

‘싱가포르’ 에서 보는 교훈

싱가포르, 서울시만한 면적의 도시국가, 야자수가 늘어진 열대의 이국적 정취 속에 어우러진 초현대식 고층 건물들, 남국의 햇볕 아래 푸른 잔디와 깨끗하고 정돈된 거리, 차이나타운의 노점상의 현대식 건물 내의 화이트칼라들의 분주한 움직임, 이러한 것들이 싱가포르와 함께 연상되는 우리의 이미지이다.

그러나 싱가포르는 결코 평범한 작은 나라가 아니다. 적도 바로 아래 있는 나라 중 유일하게 1인당 국민 소득이 미화(美貨)로 1만5천 달러에 달하는, 세계에서도 흔치 않은 부국이다.

더구나 자원이 전무하고 인구가 2백80만 명에 불과하면서도 교역 규모가 세계 20위 이내에 달하고 있음을 알고 나면 싱가포르에 내재된 힘이 과연 무엇인가 궁금해지지 않을 수가 없다. 지리적 요충지, 화교상인의 본거지, 리콴유(李光耀) 수상의 뛰어난 지도력만으론 오늘의 싱가포르를 제대로 설명할 수 없을 것이다.

그런데 우리는 최근에 ‘싱가포르’ 라는 나라에 대하여 놀라움과 함께 감탄과 부러움의 소식을 듣게 된다.

(5) 제9001호 (1964년11월16일 제3종우편물(가)급인가)

국제화를 사는 지혜

地球村은 지금

「싱가포르」에서 보는 교훈

權準澤

<(예)육군소장·대한무역진흥공사 감사>

스위스의 민간연구재단인 세계경제포럼과 국제경영개발 연구원(IMD)이 지난 9월 6일 발표한 '1994년 세계경쟁력 보고서'에 따르면 싱가포르의 국가경쟁력은 미국을 비롯한 세계 41개국 중 종합순위 2위이고 18개 개도국 중에서는 1993년에 이어 1994년에도 1위를 차지하고 있다는 사실이다.

분야별 순위에서도 우리가 지금 소리 높여 외치고 있는 국제화 부분에서 싱가포르는 2위이고 우리나라는 39위에 머물고 있는 것이다.

그러면 오늘의 싱가포르를 있게 한 실제의 배경과 이를 유지시키고 있는 숨은 힘은 무엇인가? 여러 가지 원인과 배경, 특징이 있겠지만 싱가포르 무역관에 근무한 한국무역진흥공사(KOTRA) 직원들의 공통된 의견은 다음과 같은 몇 가지로 요약될 수 있었다.

첫째, 국가 공무원들의 뛰어난 경쟁력이다. 즉, 정책입안의 우수성이 현재 시행되고 있는 각종 제도 곳곳에서 발견되는데 공무원들의 자질이라기보다 경쟁력이라고 표현하는 이유는 이들은 대외적인 긴장과 위기의식을 근간으로 치밀하게 정책을 수립, 추진해 나간다는 것이다.

이러한 공무원의 우수성은 좋은 처우에서부터 비롯된다고 할 수도 있지만, 이보다는 이들의 위기의식, 즉 정확한 정책이 아니면 국제경쟁사회에서 살아남을 수 없다는 절박함이 공무원 조직을 강하고 경쟁력 있게 만드는 원천이 되고 이러한 위기의식의 뿌리에는 과거 낯선 땅으로 이민을 와서 최선을 다하지 않고서는 정착에 성공할 수 없었던 이민의 후예로서의 잠재적 긴장 의식이 전수되고 있는데 기인한다는 것이다.

둘째, 시민들의 질서 의식이다. 지난날 우리는 '하면 된다' 는 모토가 우리의 의식을 지배한 때가 있었다. 이러한 의식이 뚝심 있게 우리 경제를 성장시켜 온 촉매 역할도 하였지만 '안 되면 되게 하라' 는 의식기조에서 경우에 따라서는 법도 질서도 목표를 위해서는 무시하고 넘어갈 수도 있다는 잠재의식이 스며들지 않았던가 하고 생각해 보아야 할 것이다.

싱가포르 국민들은 지금은 다소 느슨해졌다고는 하지만 법질서에 관한한 철저하다.

우리의 눈에는 언뜻 요령이 없는 것처럼 비쳐지기도 하나, 이들에게는 규칙 안에서 최선을 다하는 페어플레이 정신이 숨어 있음을 발견하게 되고 이러한 질서의식이 정부의 효율적인 정책 추진 및 사회의 안정적인 발전을 가능케 하는 원동력이 된다는 것이다.

버스 안에서 담배를 피우면 벌금이 5천 싱가포르 달러(250만 원

정도)이고 휴지를 함부로 버리거나, 공중화장실 사용 후 물을 내리지 않거나, 꽃을 꺾으면 5백 달러(싱가포르 달러), 마약을 소지 또는 운반하면 극형 등….

그러나 싱가포르 국민들은 이러한 엄한 단속의 분위기 속에서 위축감을 느끼기보다는 오히려 편안함과 안정감을 느끼는데 이는 자율적 질서의식이 몸에 배면 이러한 법규가 안정된 생활을 지켜주는 울타리가 되어주기 때문이다.

이러한 사회적 분위기가 싱가포르인들로 하여금 훌륭한 시민의식을 갖게 하고 안정된 사회를 유지시키는 힘이 되는 것이다.

우리나라도 사회 각 분야의 무질서 추방운동을 적극 전개키로 하고 이의 효율적 추진을 위해 각종 기초질서 위반자에 대한 범칙금을 대폭 인상키로 했다 하니 그렇게라도 해서 사회질서가 확립되고 밝고 명랑한 사회가 이룩되길 기대해 보게 된다.

셋째, 가장 직접적인 요인이라 할 수 있는 외국 자본에 의한 경제체제이다. 전무한 자원과 협소한 국토면적, 적은 인구로 싱가포르는 일찍이 자력에 의한 경제개발보다는 외국자본 유치에 의한 대리개발정책을 추구해 왔는데 유일한 자원이라 할 수 있는 지리적 요충지를 최대한 활용하여 중동과 극동을 잇는 정유시설을 갖추었고 공산품의 동남아 집하시장을 만들어 국제금융 및 사무 서비스의 중심지 역할을 자처하고 나선 것이다.

또한 싱가포르인들은 주로 상업(무역업)에 종사하고 자본과 기술이 필요한 제조업은 해외 다국적 기업을 끌어들여 상호 이익을 나누어 갖는 체제를 유지해 가고 있는데 외국기업들이 싱가포르의 발달된 제도와 안정된 사회여건에 따른 투자효과를 감안, 높은 임금과 천연자원의 부족에도 불구하고 싱가포르에 계속 진출하고 있는 것이다.

싱가포르라고 하는 작은 도시국가를 다른 나라들과 비교한다는 것 자체가 논리상 오류일 수도 있다. 그러나 개체단위의 국가로서 싱가포르는 할 수 있는 최선의 노력을 다 함으로써 국제사회의 일원으로 당당히 앞서 나가고 있는 것이다.

언젠가 싱가포르를 찾은 우리나라 시장조사단의 한 기업인이 조사를 다 마치고 돌아가는 길에 그곳 코트라 직원에게 "별로 크지 않은 나라가 똘똘 뭉쳐 선진국으로 발돋움하고 있는데 이에는 비교도 할 수 없이 우수한 인력과 다양한 자원을 갖추고 있는 우리나라가 이들보다 뒤져있음에 왠지 화가 치민다"고 푸념한 일이 있다고 한다. 그의 이 같은 하소연은 비단 그 기업인 한 사람의 목소리가 아니라 우리가 다 같이 새겨들어야 할 소중한 교훈이 아닌가 한다.

스위스의 수수께끼

스위스라고 하면 가장 먼저 떠오르는 것이 유명한 시계, 알프스, 영세중립국, 각종 국제회의가 개최되는 도시 제네바가 아닌가 한다.

그러나 국토의 총면적이 41만1천여 ㎢로서 우리나라 남한 면적의 절반보다 작고, 698만 명의 인구에 1인당 국민소득이 미화(美貨)로 3만5천 달러(1992년 말 기준)로서 세계 1위의 부국이라는 사실을 아는 사람은 그렇게 많지가 않다.

스위스는 유럽대륙의 중심에 위치하면서 북쪽으로는 독일, 동쪽으로는 오스트리아, 남쪽으로는 이탈리아, 서쪽 및 남서쪽으로는 프랑스와 접경을 이루고 있으며 공용어는 4개 언어로써 언어권별로 인구 구성비는 독일어권 65%, 불어권 18%, 이태리어권 10%, 기타 6%이다. 정부형태도 스위스형의 독특한 내각책임제로서 연방회의에서 선출된 임기 4년의 7인의 각료가 장관을 역임하며 행정부를 구성하고 이들 7인들의 장관들이 매년 임기 1년의 대통령을 순번제

(5) 제9006호 〈1964년11월16일 제3종우편물(가)급인가〉

국제화를 사는 지혜

地球村은 지금

權準澤
<(예)육군소장·대한무역진흥공사 감사>

「스위스의 수수께끼」

로 역임하는 독특한 정부형태를 취하고 있다.

주변의 강국에 둘러싸인 지리적 조건과 다양한 언어권을 가졌을 뿐만 아니라 국토의 3분의 2가 산악·호수·산림 등 비경제적인 조건을 갖춘 데다 부존자원이 빈약하고 시장이 협소하며 노동력의 부족 등으로 자생적인 경제발전이 어려움에도 1인당 국민소득이 세계에서 제일 높은 것을 보면 일반적 상식으로는 풀 수 없는 수수께끼가 아닐 수 없다. 스위스를 여행한 경험이 있는 사람들은 우선은 그 아름다운 경치에 매료되면서 또 한편으로는 높은 산들이 목축업을 위해 마치 푸른 초원의 평원(平原)처럼 잘 가꾸어져 있는 것을 보고 다시 한 번 감탄사를 연발하였을 것이다.

2차 세계대전 당시 독일의 히틀러도 '공격하기를 꺼려 했을 만큼 험난한 산악으로 둘러싸인 스위스가 농업과 목축업을 한다는 것 자체가 비경제적이며 더욱이 경쟁력 있는 산업으로 발전시키는 어려운 일인데도 그들은 그렇게 결정하고 또 해냈다.

알프스 산록의 눈이 녹고 들과 나무들이 초록의 아름다움을 보이려 겨울 내내 움츠렸던 기지개를 펼 때면 해발 1천m가 넘는 곳에서 땡그렁 땡그렁 하며 목동이 젖소를 몰고 있는 모습은 마치 한 폭의 아름다운 수채화(水彩畵)와 같다. 그러나 이 그림 같은 장면의 속을 좀 더 자세히 들여다보면 결코 봄으로 들어가는 길목의 아름다움만이 있는 것이 아니다.

스위스는 농업과 목축업을 위해 엄청난 국고보조를 하고 있으며 낙농제품 등에 대해서도 1976년 이래 계속 보조금을 지급하고 있는데 젖소를 몰고 다니는 목동도 사실은 국가로부터 젖소 한 마리당으로 계산하여 보조금을 지급받고 있는 것이다.

그것도 높은 곳일수록 보조금 지급규모가 크며 정부는 국토관리 및 축산업 장려차원에서 도시민으로부터 받은 세금의 일부를 흔쾌히 거기에 투자하고 있는 것이다.

스위스는 과거 알프스 산록에 위치한 빈한한 농업소국이었으나 자기생존을 위해 목축업과 농업뿐만 아니라 부단한 기술 혁신과 생산성 향상, 그리고 원활한 노사협조체제를 이루어 세계 최첨단 기술국의 하나로 성장하였으며 내륙국, 자원수입국이라는 악조건을 극복하기 위하여 산업의 국제 경쟁력의 기본적인 부가 가치 극대화, 원자재 및 부품의 수입가공에 의한 재수출을 경제 산업정책의 기조로 운용하여 세계 최대의 1인당 수출국으로 급성장하게 된 것이다.

그 뿐인가? 스위스는 자국의 정체성(正體性)·독립성(獨立性)을 유지하기 위해서 이제 21세기로 넘어가는 현시점까지 유엔에도 가입하지 않으며, 심지어 EFTA(유럽자유무역협정) 국가들 중에서 유일하게 EU(유럽연합)와의 경제제휴협정인 EEA조차도 1992년 12월에 국민투표로 부결시킨 바 있다. 현재의 추이대로 간다면 스위스는 유럽 합중국을 꿈꾸는 EU에의 가입도 거부할 가능성이 높다. 언뜻 보면 고립화로, 국제사회로의 편입을 거부하는 것처럼 보인다.

그렇다고 스위스가 국제사회로부터 고립하고 나아가서 국제화 · 개방화가 안 된 나라라고 볼 수 있을까?

마치 세계가 핵전쟁을 치르더라도 혼자 살아남으려는 듯 완벽하게 만들어 놓은 지하 대피시설, 각종 실내운동장도 지하에 설치하여 유사시에는 대피소로 활용할 수 있도록 공공시설을 만드는 용의주도성, 방위산업공장을 지하에 시설하고 있는 그래서 어떤 국가도 함부로 넘볼 수 없는 스위스는 이기적인 나라인가, 아니면 적십자사 등 각종 국제기구가 위치해 있는 영세중립국으로서 평화활동을 지원해 주는 가장 세계화 된 국가인가를 묻게 된다.

일반적으로 국제화 또는 세계화하면 무언지 세련되고, 둥글둥글하고, 사교적일 것 같은데 이런 측면에서 보면 스위스는 고집 세고 자기 주장이 강해 국제화와는 거리가 있는 국가처럼 보인다. 그러나 스위스는 단순히 잘 산다는 측면을 넘어서 세계인들에 있어 결코 고립화 된 나라가 아니다.

스위스는 누가 무어라 해도 자기 정체성(색깔)을 확실히 지니고 있고, 다른 나라에 적대감을 갖지 않는 영세중립의 평화 지향적 국가이며, 단일 민족국가가 아닌 다민족혼성국가로, 다른 국가 · 민족에 대한 배타심이 비교적 적으며, 네슬레, 시바 가이기 등 세계경제에 가장 활발히 참가하는 다국적 기업을 다수 갖고 있는 나라이며, 유엔, GATT 등 국제기구를 유치하여 국제 질서유지를 위해 적극

기여하는 국가이다.

최근에 와서 우리는 지식인들로부터 일반대중에 이르기까지 국제화 · 세계화를 유행어처럼 듣고 말하고 있지만 많은 사람들이 혹시 국제화 · 세계화가 겉모양만 선진국사람들처럼 행동하고, 그들의 유사문화에 익숙하려 노력하는 것이라고 잘못 생각하지 않을까 우려되는 바도 없지 않다.

알프스 산록의 목동도 언뜻 보면 낭만적이지만 사실은 돈을 받고 움직이고 있는 철저한 계산의 나라, 국제사회를 거부하는 것처럼 보이지만 어느 국가보다 국제사회 질서에 기여하는 나라가 스위스라는 사실을 알고 나면 국제화시대를 맞는 오늘날 '스위스의 수수께끼' 에 대한 해답은 저절로 풀린다는 생각을 갖게 된다.

무한 경쟁의 힘은 국가 경쟁력이다

우리가 땀 흘려 생산한 상품을 세계사장에 팔 때 그 상품이 얼마나 많이 팔릴 수 있는가는 그 상품이 갖고 있는 경쟁력에 의해 결정된다. 상품경쟁력이라 함은 다른 동종 상품에 비해 가격과 품질 면에서 얼마나 싸고 좋은가를 비교해 말하는 것으로 품질에 비해 가격이 싸면 그만큼 가격경쟁력이 높다고 말한다.

지금까지 우리나라 상품이 해외시장에서 잘 팔렸던 것은 바로 우리 상품의 가격 경쟁력이 그만큼 높았기 때문이다. 그러나 근래에 와서 우리 상품들이 해외에서 경쟁력을 잃고 고전하고 있는 것으로 알려진다.

이 말은 우리 상품이 다른 국가들의 상품에 비해 가격도 별로 싸지 않고 품질도 안 좋다는 뜻이거나 품질은 좋은데 가격이 비싸다는 말을 뜻한다. 실제로 우리 경제를 바짝 뒤쫓아 오고 있는 말레이시아, 태국, 필리핀 등 동남아 후발개도국들이 생산한 값싼 제품들과의 경쟁에서조차 밀려 고전을 면치 못하고 있는 실정이다.

(5) 제9017호 (1964년11월16일 제3종우편물(가)급인가)

국제화를 사는 지혜

地球村은 지금

權準澤 <(예)육군소장·대한무역진흥공사 감사>

"무한 경쟁의 힘은 국가 경쟁력이다"

지금까지 우리 수출상품의 황금시장으로 생각하여 왔던 미국의 예를 들어보자.

요즈음 우리 일부상품이 대미(對美) 수출에서 부진을 면치 못하고 있는 주된 요인은 가격경쟁력 약화를 극복할 품질의 고급화 노력이 미흡한 데다 마케팅 활동 역시 부족하기 때문인 것으로 지적된다.

예전 저가품 위주로 수출하던 시대는 바이어 위주의 시장개척이 통상 효율적인 방법이었다. 그러나 국내에서 임금투쟁이 격화된 4~5년 전부터 상황은 완전히 바뀌고 있다. 이제는 저가에서 중·고가로 우리나라의 수출상품 가격이 바뀌어졌다.

이 같은 가격군(群)에서는 바이어 위주의 시장개척이 사실상 한계에 부딪힌다. 이젠 선진국 시장개척은 소비자 위주로 이뤄져야 한다.

소비자 위주의 시장개척이란 TV·라디오·전문지를 통해 소비자에게 직접 접근, 소비자들의 구매충동을 일으켜 소비자들이 한국

상품을 찾도록 함으로써 결국 바이어들이 한국 상품을 수입토록 하는 것이다. 따라서 품질의 고급화와 상품의 광고는 불가분의 관계에 놓이게 된다.

미국에서는 수많은 TV 채널을 돌리다 보면 30~40%가 광고를 내보내고 있는 것을 알게 된다. 광고는 미국에서는 문화의 일부를 이루고 있으며 소비자들은 각종 광고를 통해 상품에 대한 소양과 생활에 필요한 지식을 자연히 흡수하고 있다. 넓은 의미에서 보면 광고를 개인기업에만 맡겨둘 게 아니라 세계 각국의 소비자들이 한국에 대한 국가이미지가 향상될 수 있도록 국가차원에서도 국가홍보가 병행돼야 한다는 것이다.

이제 개방화·국제화시대를 맞아 전 세계국가들이 일제히 무한경쟁을 선언하고 나섰다. 고객 확보를 위한 세계 기업들의 경쟁은 그 어느 때보다도 치열한 양상을 띠어가고 있다. 고객 없는 장사는 있을 수도 없으며 살 사람 없는 물건은 만들 필요도 없는 것이 생산과 판매의 원칙으로 작용하고 있는 것이다.

무엇이 고객의 마음을 사로잡을 수 있을 것인가. 제품과 생산기업에 대한 믿음을 고객들에게 줄 수 있는 신용기업이 되는 길 뿐이다. 우리가 해외여행 중 많은 외국관광객들이 돌고 다니는 카메라(무비카메라 포함)는 대부분 일본의 제품임을 발견하게 되고 그 실례로 미국의 청소년들을 상대로 한 설문조사에서 약 30%의 응답자들이 SONY가 미국회사라고 대답한 것을 보면 SONY라는 제품과 회사의 이미지가 미국인에게 얼마만큼 깊이 새겨져 있는가를 말해 준다. 이런 와중에서 최근에는 조금 더 범위를 넓혀 상품경쟁력보다 무한경쟁의 힘이 되는 국가경쟁력에 관한 내용들이 각종 매스컴에 자주 오르내리고 있다. 개방화시 대화와 함께 몇 년 남지 않은 21세기를 앞둔 지금 우리 정부도 앞장서 국제화를 통한 국가경쟁력 강화를 추진하고 있다.

국가경쟁력 강화의 중요성은 여기에서 재론할 필요가 없지만 앞으로 이 지구상에서 선진국 대열에 들어가느냐 아니면 항상 개발도상국에 머물고 있느냐는 어느 한 국가가 갖고 있는 국가경쟁력에 의하여 좌우될 것이며 이러한 국가경쟁력의 싸움은 총칼 없는 전쟁으로 불리는 경제전쟁 · 기술 · 문화 등 각 분야에서 동시 다발적으로 이루어질 것이다.

오랫동안 세계를 동 · 서 양 진영으로 양분해 오며 민주주의와 사회주의간의 이념적인 냉전을 벌였던 미국과 소련과의 대결에서 미국은 무력을 사용하지 않고도 소련을 패배시켰다.

소련은 오랫동안 엄청난 자본을 투자해 개발한 가공할 핵무기나 각종 신형 무기를 단 한 발도 쏴보지도 못하고 어이없이 무너짐으로써 이 모든 무기들을 쓸모없는 것으로 만들었다. 이 패배의 결과는 군사대국 소련을 경제빈국 러시아로 전락시키고 말았다.

전후 45년 간 미국은 첨단무기뿐만 아니라 국제화라는 병기를 개발해 국가경쟁력을 뒷받침했으나 소련은 군사력에 모든 국가 경쟁력을 집중시킴으로써 국제화를 외면했던 것이다. 특히 경제면에서 경쟁력 강화를 소홀히 해 불균형적인 국가경쟁력을 유지해 왔다. 이 미 · 소간의 역사적 사건 외에도 서구와 동구, 자본주의와 사회주의 경제간의 긴 대립에서 동구사회가 붕괴된 것 또한 같은 맥락인 국제화를 원천으로 하는 국가경쟁력 싸움의 결과이다.

이렇게 엄연한 역사적 사실을 배경으로 하루가 멀다 하고 변화하는 무한경쟁시대에 살고 있는 우리는 의식과 제도의 개혁을 국제화에 초점이 맞춰져 추진되어야 하며 이를 위해서는 국민 한 사람 한 사람이 국제화에 대한 올바른 이해를 바탕으로 적극적인 참여가 요망되는 것이다.

또한 정부는 지금까지 추진해 온 개방화 · 자유화 · 규제철폐 조치들과 앞으로 예정된 계획들을 국제사회에 홍보하여 한국에 대한 부정적인 이미지를 불식시키는 노력을 계속해야 할 것이며 아직도 미흡한 정부경쟁력을 강화하여야 한다. 그렇게 하여 무한경쟁의 원동력이 되는 국가경쟁력을 튼튼히 하여 넓은 세계를 둘러싼 대기를 마음껏 호흡하며 선진국 사회의 일원이 되고 지구촌 시대의 새로운 지평을 여는 데 주저함이 있어서 는 안 되는 것이다.

그렇게 하는 것만이 무한경쟁시대에 우리가 살아남는 길이다.

세계 문화를 호흡하자

우리가 살고 있는 이 지구상에는 다른 문화와 역사, 관습 그리고 언어들을 갖고 있는 수많은 국가들이 있다. 얼마 전까지 이념의 장벽에 가로 막혔거나 거리가 멀어 아득한 먼 나라로만 느껴졌던 이들 국가들이 국제화 시대를 맞아 우리 곁에 가까이 다가와 있는 이웃 나라들로 변해 있다. 불과 몇 해 전만 해도 이름조차 들어보지 못한 나라들, 몇 만 명의 인구를 가진 작은 나라들도 이제 어엿한 독립국가로 지구촌의 가족이 되어 한 편으로는 우리의 벗이 되고 또 다른 한 편으로는 우리의 경쟁대상국이 되고 있다.

우리나라의 살림살이가 부족해지면서 이런 나라를 찾는 우리 국민들의 발걸음도 잦다. 비즈니스를 목적으로 또는 관광을 목적으로 세계 곳곳으로 우리의 발끝이 닿고 있다. 금년 들어 7월말 현재 1백80만6천 명의 우리 국민들이 세계 각국으로 여행을 떠나 지난해 같은 기간에 비해 35% 늘어난 추세를 보이고 있다. 국제화 시대에 국제 감각을 익히기 위해 해외여행을 하는 그 자체를 나쁘게 말할 수

(5) 제9011호 (1964년11월16일 제3종우편물(가)급인가)

국제화를 사는 지혜

地球村은 지금

權準澤 <(예)육군소장· 대한무역진흥공사 감사>

세계 문화를 호흡하자

없으나 금년도에 60억 달러 정도로 예상되는 무역수지 적자를 안게 될 우리들로서는 과연 목적 없이 해외나들이를 해도 될 때인가를 생각하게 된다. 더욱이 1994년도를 '한국 방문의 해'로 정했지만 우리나라를 찾는 외국인의 숫자보다 오히려 외국으로 나가는 우리 국민들의 숫자가 더 많다는 걸 비교할 때 우리가 장사에선 밑지고 있다는 안타까움이 있다.

그러나 조금 더 열린 마음으로 생각하면 우리 국민의 국제화가 현장감 있는 현지 방문을 통해 달성할 수만 있다면 귀중한 외화를 쓰는 아까운 마음을 덜어 버릴 수도 있을 것이다. 해외여행을 하면서 방문한 나라를 샅샅이 살피고 그 나라들의 독특한 관습이나 습관, 문화와 역사를 통해 교훈적인 걸 배워만 온다면 올해 예상되는 관광수지적자 10억 달러보다 소중한 것을 얻을 수 있을 것이다. 다른 세계의 문화를 마시며 독특한 맛과 향기를 느낄 때 생산적이고 교육적인 여행의 보람을 갖고 돌아올 수 있기 때문이다.

비록 몇 십 년의 짧은 역사를 갖고 있거나 인구가 수만 명이 안 되는 작은 나라일지라도 그들이 어떻게 생존해왔으며 현재 어떻게 살고 있는 지를 살펴봄으로써 내일을 사는 우리의 지혜를 얼마든지 얻을 수도 있다.

그러나 한 나라를 방문해 그 나라의 문화 · 풍습을 수박 겉핥기식으로 보고 오는 것만이 국제화가 되는 것은 아니다. 편견 없이 이해하고 나름대로 존중하는 자세를 가질 때 국제화라는 문턱을 넘어설 수 있으며 가까운 이웃으로 받아들이게 되는 것이다.

미국의 작가 J. A. 마이너는 "만일 어떤 나라의 고유음식을 거절하고 관습을 무시하며, 종교를 두려워하고 사람을 피한다면 집에 있는 것이 더 낫다. 당신은 물속에 던져진 돌과 같다. 겉은 물에 젖지만 결코 물의 일부는 아니다"라고 말했다. 우리의 국제화를 위해 마음 속에 새겨두어야 할 말이다.

향후 우리 국민들의 생활이나 사고의 수준이 소위 국제화 수준에 달하였느냐, 못하였느냐를 판단하는 기준의 하나는 얼마나 다양한 세계문화를 호흡하고 소화할 수 있느냐를 놓고 가늠될 것이다.

그러나 외국문화를 맹신적으로 받아들이거나 어느 나라에 대해 나쁜 편견을 갖고 바라본다면 이 또한 우리의 것만을 고집하는 자세와 별 다름이 없다. 미국이나 영국 · 독일 · 일본 등 경제선진국들의 문화나 역사만 가치성을 갖고 있다는 생각이나 이들 나라의 것만을 받아들여야겠다는 자세는 전 세계가 하나의 지구촌 가족으로 맺어지고 있는 현실을 크게 도외시하고 있는 것이며 일부에서 말하는 사대주의적인 사상으로 비쳐질 우려가 있다. 지난 9월 15일 학술

원상 시상식에서 김영삼 대통령께서 행한 치사에서 우리 문화의 국제화는 "우리 문화의 질을 세계수준 이상으로 올리는 것이 곧 국제화의 요체"가 된다고 밝혔듯이 바른 관점에서 취사선택된 세계문화를 우리 문화와 접목시켜 발전시킬 때 비로소 주체적인 우리 문화의 국제화가 달성되는 것이다.

앞서 밝힌 바 있지만 지구촌에는 나라마다 민족마다 각각 다른 문화권을 형성하며 살고 있는 것이다. 문화의 종류가 다양한 만큼 배워야 할 것도 수없이 많다. 문화장르의 남발이라 할 정도로 음식문화 · 자동차문화 · 여행문화 등 문화라는 글자 앞에다 명사만 붙이면 새로운 문화가 탄생된다. 이 모든 문화들이 모두 선진국이라 불리는 나라만이 최고의 수준에 머물러 있다고 말할 수만은 없기 때문이다.

쇼핑 관광명소로 널리 알려진 이태원 같은 장소에서 일부 외국인들(선진국 사람들)이 우리 전통관습을 무시하거나 미풍양속을 해치는 행동을 보여줄 때 우리 국민들이 느끼는 감정은 그들을 추하고 교양 없는 외국인이라고 부르는 데 주저하지 않을 것이다.

마찬가지로 우리 국민들이 해외여행시 현지인들의 관습이나 생활하는 모습들이 우리의 눈에는 비록 혐오스럽거나 우스꽝스럽게 보여질지라도 그 나름대로 우리에게 던져주는 의미를 넓게 생각하지 않고 무시하거나 비웃는 태도를 가져서는 안 될 것이다. 자칫 우리 역시 추하고 교양 없는 한국인으로 비쳐지기 때문이다.

가능하다면 긍정적이고 밝은 면을 끄집어내어 보려는 자세를 갖는다면 더 많은 것을 보고 느끼게 된다. 결국 문화의 차이를 발견하게 되므로 이해해야 될 부문도 넓어지고 가슴 깊이 호흡하여야 할 문화공간도 커지게 된다.

이는 곧 문화의 심도 깊은 교류를 통해 가까운 이웃이 됨을 의미한다. 문화에 대한 깊은 이해를 바탕으로 국제사회는 국경 없는 진정한 이웃사촌이 되어야 한다.

이미 교통의 발달로 세계는 좁아져 있으며 여행을 통해 잦은 왕래가 이루어져 있기 때문에 멀고 가까움은 이웃이 되는 데 더 이상 큰 장애가 되지 못한다. 이보다 더 직접적인 장애가 되는 것은 문화적 차이를 극복하지 못하는 마음의 장벽이 남아있기 때문이다. 이 문화의 차이를 극복하지 못하면 J. A. 마이너의 말대로 '물속의 돌' 로 남아있게 되고 우리 활동 무대도 줄어드는 결과를 낳게 된다.

여행은 우리가 지향하는 문화의 국제화를 달성하는 지름길이 될 수 있다. 한나라의 문화는 그 나라 민족이 뻗어나가는 힘의 원천임을 알고 국제화 시대를 맞아 소모적이며 낭비적인 해외여행보다 눈과 마음으로 세계 문화를 가슴 깊이 호흡하고 우리 체질에 맞도록 소화시킬 수 있는 건강한 세계인이 되기로 하자.

13

그 넓은 세계를 돌아보고

냉전시대의 여행

① 독일의 서베를린에서
② 독일의 동베를린에서
③ 독일의 함부르크 항구에서

1990년 7월 군에서 전역하고 오랜 군생활의 심신(心身)을 풀고 그동안 나를 뒷바라지하며 고생한 아내를 생각하면서 그 해 9월에 유럽 8개국 여행을 떠났다.

우리 부부와 재일교포 4명이 외국어대학을 졸업한 유능한 가이드를 만나 김포공항을 떠났다. 여행지는 독일, 프랑스, 스페인, 네덜란드, 이탈리아, 스위스, 오스트리아, 영국 등이었다.

당시는 냉전시대라 항공기가 중국이나 소련 영공을 통과하지 못하기 때문에 김포공항을 떠나 중간기착지인 알래스카의 앵커리지 공항에 도착하였다. 간단한 식사와 휴식을 취한 뒤 북극상공을 지나 23시간 만에 서독의 프랑크푸르트에 도착하였다.

당시 독일은 우리나라와 같이 동서독으로 분단되어 있었으며 옛날의 수도 베를린도 동서로 분리되어 있었고 높다란 베를린 장벽이 쳐져 있었다. 기적을 이루어낸 라인강을 보고 우리나라도 하루 빨리 한강의 기적이 일어나도록 염원하였다.

그런데 유럽의 이웃나라를 갈 때에 중간에 공산국가가 있으면 비행기를 못 타고 자동차로 다녀야 하는 것이 큰 불편사항이었다.

다음 여행국인 프랑스의 수도 파리는 문화예술의 중심지답게 시내 중심가에 흐르는 세느강, 에펠탑, 루브르박물관, 노트르담사

① 파리의 에펠탑 앞에서
② 파리의 생각하는 사람 조각상 앞에서
③ 네덜란드 수도 중심가에서

① 영국 런던의 국회의사당을 배경으로
② 영국 처칠수상 생가를 배경으로
③ 영국 런던 그리니치 천문대에서

원 등이 인상적이었고, 지중해 남단의 휴양도시 니스와 유명한 여배우이었던 그레이스 켈리가 왕비로 있는 모나코 왕국이 신비스러웠다.

풍차마을로 유명한 네덜란드는 웅장한 고색이 창연한 대성당과 이준열사의 충혼탑이 있어서 그 옛날의 일본합병을 생각하며 묵념을 하였다.

스페인은 한때 해양국가로 세계 곳곳에 식민지를 보유한 강대국의 모습이 남아 있었고 유명한 대성당들이 많았다.

영국 런던의 테임즈강과 대영박물관은 며칠 동안을 보아야 할 정도로 귀한 소장품이 많았는데 특히 아프리카 식민지에서 가져온 유물이 많았고 우리나라 신라시대의 금관도 전시되어 있었다.

오랜 역사를 지닌 이탈리아 로마에서는 산피에트로 광장과 대성당, 고대 로마의 원형경기장 콜로세움, 소장품이 너무 많은 박

이탈리아의 밀라노성에서

이탈리아의 나폴리에서

물관이 부러웠으며, 피렌체 등 르네상스 도시의 수많은 조각상들, 신비로운 운하도시 베네치아 중심가의 산마르코 광장이 인상 깊었다.

오스트리아와 스위스는 울긋불긋 단장한 주택들이 평화스러운 나라라는 인상이 깊었고, 수많은 호수의 아름다움이 부러웠다. 오스트리아 수도 비엔나에서는 오페라하우스, 미술사박물관, 호프부르크궁전, 아름다운 도시 잘츠부르크에는 작은 로마답게 36개의 내 성당이 있다는 것도 알게 되었다.

스위스의 소박한 도시(인구 35만 명) 취리히에서는 리마트 강변의 성당첨탑과 수도인 베른에 있는 성빈센트 성당의 첨탑, 마르크트 거리의 웅장한 시계탑을 구경하였다.

문화예술품과 자연이 훼손되지 않은 옛 공산국가들

나는 1990년 가을 유럽 8개국을 여행하고 많은 것을 보고 배웠다. 그런데 1992년 4월 대한무역진흥공사(KOTRA) 감사로 임명되었다.

KOTRA는 세계 80여 개국에 103개의 해외무역관을 운영하고 있는데 감사는 감사실 직원과 함께 1년에 한 번씩 대륙별로 통상 다섯 개의 무역관을 감시하기 위하여 출장을 간다.

예산이 얼마 되지 않아 예산이나 업무감사라기보다는 해외에 약 4년간 나가 있는 직원과 가족들을 격려하고 지원하는 것이다. 그러나 시간적 여유가 있을 때에는 관장이 그 나라의 특이한 문화나 유적지 등 관광명소들을 안내하였다. 덕분에 나는 개인적으로 30여 개 도시를 전에 다녀왔고, KOTRA에 와서 80여 개 도시를 돌아보는 행운이 있었다.

1993년 가을, 나는 대한항공편으로 러시아의 수도 모스크바로 감사차 떠났다. 우리나라와 정식수교가 되었지만 공산주의 종주국이었고 6.25전쟁, 캄차카반도에서 KAL기 격추사건 등 아직도 적국 같은 상념이 머릿속을 맴돌았다.

모스크바 공항에 도착하니 기내방송에서 VIP가 있으니 다른 승객들은 잠시 대기해 달라는 방송이 나오고 여승무원이 내 이름이 적힌 팻말을 들고 나를 안내하였다.

후에 알고 보니 한국대사관의 상무관(외교관)을 담당하고 있는 선우영일(鮮于榮一) 관장의 배려이었다.

모스크바에서 이름만 들어왔던 붉은 광장과 크렘린 궁, 러시아 황제들이 사용했던 황금마차, 귀한 보석들이 즐비하게 전시된 역사박물관, 붉은 광장 남쪽의 바실리 성당은 웅장하였다.

러시아의 제2 도시이며 옛 수도인 상트페테르부르크(구 레닌그라드)에서는 제정러시아 황제들의 소장품이 전시된 에르미타주 박물관, 네바강 어귀의 궁전들, 100m 높이의 황금색 돔이 있는 이삭성당이 돋보였다.

겨울궁전의 에르미타주 박물관에는 250만 점의 작품이 소장되어 있어서 영국대박물관, 프랑스의 루브르박물관과 함께 세계 3대 박물관이라는 설명도 들었다.

유람선을 타고 한 시간 정도 갔는데 거기에는 표트르 대제의 여름궁전이 있었다. 수천 종류의 보석이 박힌 집기들과 골동품, 미술품 등이 소장되어 있는데 어마어마한 궁전이었다.

오페라와 발레의 밤 도시에서 '백조의 호수' 발레를 본 것도 큰 행운이었다.

그곳에서 우리를 안내했던 가이드는 북한에서 온 유학생이란 것을 알고 야릇한 감정이 들어 학비로 쓰라고 약간의 돈을 주었더니 그렇게 고마워 할 수가 없었다.

공산국가이었던 체코의 수도 프라하도 문화도시답게 100개가 넘는 첨탑과 성인들의 동상이 늘어서 있는 카를교가 수많은 관광객들로 붐비고 있었는데 이들은 대부분 일본인과 대만 사람들이었다.

체코에서 분리된 슬로바키아의 수도 브라티슬라바에서는 현재 대통령 관저로 사용하고 있는 그라살코비흐 궁전이 특이하였다.

도나우강이 흐르는 헝가리 수도 부다페스트에서는 세체니 다리가 예술적이고 밤에는 야광이 아름다웠다.

폴란드 수도 바르샤바의 왕궁광장과 나치에 의해 수많은 유대인들이 희생된 아우슈비츠 형무소와 소금광산, 세계에서 제일 작은 성당이 있는데 오랜 역사와 소꿉장난 같은 건물의 인상이 지금도 생생하다.

과거 공산국들의 특별한 인상은 오랜 역사와 함께 보존된 문화예술품과 웅대한 고대의 교회(성당)들, 그리고 자연이 조금도 훼손되지 않은 신선함이었다.

북유럽의 깨끗한 도시들

① 스웨덴 왕궁 앞에서
② 스웨덴 스톡홀름 시내의 조각공원에서
③ 스톡홀름의 대사관저에서

1994년 9월 중순, 북유럽 핀란드의 수도 헬싱키에 도착하니 우선 산뜻한 공기와 깨끗한 도시라는 인상이 풍겼다.
흰색의 루터교성당과 유명한 작곡가 시벨리우스를 기념하는 파

① 노르웨이 오슬로 민속촌에서
② 노르웨이오슬로의 조각공원에서
③ 노르웨이 오슬로 시내의 분수대에서

이프 오르간 모습의 기념관을 둘러보고 핀란드에서 한 번쯤 경험해야 하는 사우나도 해 보았다.

헬싱키에서 비행기로 1시간 30분 정도 소요되는 유럽의 최북단마을인 산타마을에 가서 산타크로스 할아버지를 만났는데 세계 각국에서 온 관광객들을 보고 놀랐다. 조그마한 산타마을이 훌륭한 관광자원인 것을 알았다.

산타할아버지는 자기도 서울에 가보았다고 하면서 우리를 특별히 환영하고 좋은 기념품도 선물로 주었다.

다음 기착지인 스웨덴의 수도 스톡홀름에 도착하니 김성준 관장과 오래 전에 여기에 이민 와서 살고 있는 사촌 처남 이봉규 내외가 마중을 나와 반가웠다.

다음 날 웅대한 왕궁과 구시가지의 화사한 외벽 건물이 인상 깊었다. 처남 내외가 나를 위하여 스웨덴의 자기 친지들과 함께 정성을 다한 환영 뷔페를 해 주어 고마웠다.

① 덴마크 코론보고 성(햄리성)에서
③ 코펜하겐의 TIVOLI에서
④ 코펜하겐의 인어상 앞에서

다음 행선지인 노르웨이 수도 오슬로는 바이킹의 유산을 간직한 예술의 도시이며, 수많은 박물관과 조각공원, 유명한 인간군탑을 관광하고 한국식당에서 식사를 하였는데 이곳에 입양해 온 대학생들이 아르바이트를 하고 있었다.

노르웨이도 깨끗한 청정구역 같은 느낌을 뒤로하고 다음날 덴마크로 갔다. 500년이 넘는 덴마크 수도 코펜하겐 시가지와 안데르센의 동화에 나오는 인어공주의 동상을 보기 위하여 수십 대의 관광버스를 보는 것 자체가 관광이었다.

사해(死海)에 들어가 보고

열 여덟 개의 언덕 위에 세워진 하얀 도시 요르단의 수도 암만은 온 건물이 백색으로 되어 있었으며, 로마시대의 유적인 원형극장을 보고 3시간 이상 사막 같은 허허벌판을 달릴 때 '현대건설' 푯말을 보고 우리나라 사람을 만난 것 같은 반가움을 느꼈다.

사해(死海)에 도착하여 물에 들어가 보니 얕은 물속에서도 몸이 두둥실 뜨고 요르단강(흔히 요단강이라 함) 물이 흘러와 모인다고 들었다.

요르단강의 사해(Dead Sea)에서. 이스라엘과 요르단의 국경지대

요르단을 떠나 아랍에미리트 연합국의 두바이는 사막에 세워진 꿈의 도시이며 35℃가 넘는 더위로 호텔은 1년 내내 에어컨을 가동하여 실내 벽을 만져보

니 냉기가 느껴지고 잘 때는 담요 몇 장을 더 덮고 잤다.

특이한 것은 식당에서 식사를 하는데 그곳에서는 일체 금주(禁酒)로 술을 못 먹게 되어 있었지만 무역관장이 나를 위하여 식당 주인에게 사정해서 물같이 주전자에 미리 준비해 놓은 것을 알고는 미안하였다.

두바이를 떠나 인류문명의 발상지인 그리스의 수도 아테네에 도착하였다.

아테네는 그리스 인구의 1/3인 400만 명 이상이 거주하고, 아크로폴리스와 파르테논신전, 제우스신전 등 그 역사성을 말하고 있었다.

다음에는 동서양을 구분하는 역할을 하는 터키의 이스탄불에 도착하였다. 황실 수돗물 공급을 위해 만들었다는 비잔틴 지하 지수지인 지하궁전, 톱카피궁전 등 유적지는 많았으나 숨 막히는 교통 혼잡과 집집마다 내뿜는 매연이 심했다.

① 터키의 성소피아 성당과 불르모스크 사원에서
② 터키의 파묵칼레(석회석 온천장)에서
③ 에페소아 마리아하우스에서

보프라스 해협을 따라가는 유람선을 타보고 터키에서 두 번째로 큰 항구도시 이즈미르에서는 에페소스박물관, 관광지로 유명한 파묵칼레에 가 보니 반짝이는 하얀색 폭포와 석회성분의 온천 돌 사이로 온천수가 흘러내려 경험하기 어려운 온천욕을 해 보기도 하였다.

지중해 국가들을 돌아보고 5000년 역사와 인류 4대문명 발상지인 이집트에 간 것은 1996년 봄이었다.

지중해를 거쳐 아프리카로

이집트의 수도 카이로에서는 투탕카멘의 보물이 전시되어 있는 유명한 고고학 박물관과 이스마일 왕이 살던 사치스러운 궁전을 보고 나일강의 유람선도 타보았다.

1960년~1970년, 구소련의 원조로 건설된 아스완 하이댐은 그 규모가 웅장하였고, 말기 왕조시대의 수도이었던 룩소르는 고대문명의 상징이고 인면수신(人面獸身)의 스핑크스와 4500년 전에 만들었다는 높이 146m의 피라미드는 감탄 바로 그것이었다.

카이로를 떠나 도착한 케냐공화국의 수도 나이로비는 해발 1700m에 위치한 동아프리카를 대표하는 국제도시이나 강도와 살인사건이 빈번히 일어나 치안이 불안하였다. 오랫동안 영국의 식민지이었으나 국어가 영어일 뿐 영국의 혜택은 크게 받지 못한 인상이었다.

동물의 왕국인 암보세리 국립공원에서 묵은 하룻밤은 맹수들의 침입을 막기 위해 철조망이 쳐져 있는 숙소에서 야릇한 감정을 일

① 스웨즈운하를 배경으로
② 카이로 근교의 스핑크스와 피라밋
③ 카이로 근교의 스핑크스 앞에서

으켰다. 숙소에서 바라본 백년설이 뒤덮인 '킬리만자로' 산을 보았다. 적도상에 있는 5,963m의 아프리카 최고의 휴화산(休火山)이다. 꼭대기에 어떻게 백년설이 쌓여 있는가 라는 의문을 가져보기로 하였다.

케냐의 나이로비를 떠나 도착한 곳은 아프리카 최남단의 나라 남아프리카공화국의 요하네스버그 공항이었다.

공항에서 시내로 들어가는 4차선 도로 곳곳에는 경찰 초소막이 있어서 물어보니 흑인들이 차량을 습격하여 물건도 뺏고 살인도 하기 때문이란다. 호텔에 도착해서 보니 탁자 위에 밤에는 외출을 하지 말라는 경고 안내문이 놓여 있는 것을 보고 치안이 불안하다는 것을 알았다.

이 나라는 수도가 3개 있는데 케이프타운에는 입법부, 프리토리아에는 행정부, 블룸폰테인에는 사법부가 있으며, 상업 및 경제 중심지는 요하네스버그여서 우리 무역관도 여기에 상주하고 있었다.

내가 방문했던 1994년도에는 흑백문화가 심해서 흑인촌을 가보니 흑인들의 생활은 굶주림과 최하위 인간생활을 하는 것 같았고, 식당에서는 흑인들을 구경할 수가 없었다.

그러나 지금까지 가장 인상에 남는 도시는 남아프리카공화국의 최남단 도시인 케이프타운이다.

깨끗하고 우아한 도시이며 연평균 기온이 16℃이고 테이블형 외관을 가진 1,087m의 '테이블마운틴' 산 정상에서 바라본 케이프타운은 한 폭의 그림과 같았다. 바다 위에는 대통령을 지낸 만델라가 30년 간 투옥되었던 감옥이 보이고, 서남단에 위치한 곳 리아스선장이 발견했다는 '희망봉' 에도 가보았다.

아시아의 도시들

일본은 1963년, 1995년, 2000년 이후에는 여러 번 가보았는데 도쿄(東京)가 수도가 된 것은 130년 전이고 그 이전에는 교토(京都)가 일본의 수도이었다.

도쿄에서는 최대 번화가 신주쿠, 서울의 명동 같은 긴자, 일본 왕과 가족들이 살고 있는 고쿄(皇居), 333m 높이의 도쿄타워에서 탁 트인 전망을 보았고, 온천으로 유명한 하코네를 가 보았다. 서일본 최대도시 오사카는 도요토미 히데요시가 15년에 걸쳐 축성한 오사카성이 눈을 끌었다.

약 1000년 간 일본의 수도이었던 교토는 역사의 도시답고 일본 4대 도시의 하나인 나고야는 산업문화도시로서 천하를 쟁취한 도쿠가와 이에야스가 축성한 나고야성이 볼 만하였다.

홋카이도(北海道)의 최대도시 삿포로는 바둑판처럼 잘 정돈되고 깨끗했으며 북해도 남쪽 현관도시 하코다테의 야경은 세계 3대 야경도시의 하나이다.

우리와 가까우면서도 멀게 느껴지는 중국의 베이징(北京) 천안문 광장과 마오쩌둥 초상화는 공산국가이면서도 10여 년의 단기간에 경제를 발전시킨 덩샤오핑과 함께 중국인들의 우상화이다.

만리장성과 자금성은 중국이 대국임을 증명하는 것 같았다.

야경이 휘황찬란한 홍콩과 포르투갈의 식민지이었던 마카오는 카지노의 명성과 함께 국제범죄가 자주 일어난다는 안내자의 설명을 들었다. 중앙공원에 있는 김대건 신부의 동상이 인상적이었다.

타이페이(대만)에서는 장제스 총통이 공산군에 밀려 퇴각할 때 가져온 문화예술품을 전시하는 박물관의 규모와 소장품을 보고 감탄하였다.

베트남(월남)에는 1965년 맹호사단 요원으로 참전하여 주로 퀴논 지역에서 주둔하고 있었으며 사이공은 출장차 다녀왔고, 2017년에 유명한 관광지인 하롱베이와 월남의 수도인 하노이를 다녀온 바 있다.

우리나라 사람들이 제일 많이 여행을 가는 태국의 수도 방콕은 국립박물관, 에메랄드사원이 볼 만하였고, 아름다운 해변의 휴양지 푸켓은 관광객들로 붐비고 있었다. 수중관광과 코끼리를 타고 스릴을 느끼고 발 마사지도 해 보았다.

1993년 6월, 태국의 수도 방콕에서 밤 8시에 출발하는 미얀마(버마)의 수도 양곤으로 가는 32인승 비행기를 탑승하니 탑승인원은 8명뿐이었다.

총을 멘 보안원이 비행기 문 앞에 서 있고 비행기 내부에는 모기들이 윙윙거려 불안하기도 하였다.

약 2시간 비행 후 양곤비행장 상공이라 하는데 밑을 내려다보니 양곤 시가지는 물론 비행장도 캄캄하였다. 오랫동안 사회주의 국가로 군사독재정권의 흔적이 여실하였다.

비행기에서 내리니 밤 10시가 넘었는데 미얀마 주재대사로 있는 후배 김정환 장군과 권오남 관장이 마중 나와 있었다. 대사관저에서 정성껏 준비한 늦은 만찬을 하고 당시에는 호텔이 없어서 개인이 영업하는 숙소에서 첫 밤을 지냈다.

다음날 무역관에서 일을 보고 오후에 아웅산 테러가 있었던 아웅산 국립묘지에 가서 순직한 고인들에 대한 묵념을 올렸다. 황금도색으로 우아한 종 모양의 쉐지곤 탑과 파고다의 내부에 있는 거대한 불상을 보았다.

미얀마를 보면서 느낀 것은 넓은 국토와 1년에 세 번이나 벼를 심어 수확(三毛作)하는 풍부한 식량, 풍부한 지하자원, 발전할 수 있는 수산업 등 국가적으로도 충분히 도약할 수 있는 역량이 있어 외부와 단절된 사회주의 국가가 아니면 동남아에서 가장 부강한 나라가 될 수 있을 것이라고 생각하였다.

1995년 4월, 인도의 인디라 간디 국제공항에 도착하여 보니 공항시설은 낙후된 상태이었고 익숙지 않은 향신료 냄새가 코를 찔렀다.

인도의 수도 델리는 200여 년간 인도대륙을 통치했던 무굴제국의 옛 수도인데 거리의 풍경은 어수선하고 관광객에게 동냥을 구하는 거지와 어린이들도 많았다. 특히 도시외곽지역의 빈민가는 6.25 당시 우리나라 판자촌이나 빈민촌보다 더한 것 같았다.

간디기념관과 왕궁으로 사용했던 붉은 성(Red Fort)을 둘러보고 뉴델리에 가니 올드 델리(옛날 수도)와는 딴 세상 같은 현대적 도시

풍경이었다. 무굴제국의 옛 수도이자 유명한 타지마할로 알려진 아그라에는 높이 20m, 폭이 2.5㎞에 달하는 군사기지 요새인 아그라성이 있고, 무굴제국의 5대 황제이었던 샤 자한의 부인 뭄타즈마할의 무덤인 타지마할은 세계 10대 불가사의답게 순백의 대리석에 꽃 등의 문항을 판 뒤 각각 다른 색의 돌과 보석을 넣어 오묘한 빛을 내고 건물 앞에는 넓고 깨끗한 호수가 있어 한 폭의 그림과 같았다.

인도를 떠나 말레이시아의 수도 쿠알라룸푸르에 도착하니 오후에 1시간 정도 스콜소나기가 지나가고 무덥던 날씨가 시원해지면서 도시 전체가 깨끗해 보였다. 역사와 문화의 학습장으로 활동하고 있는 국립박물관을 구경하고 다음 목적지인 싱가포르로 떠났다.

싱가포르는 1965년 8월 영국연방에서 분리 독립하여 동서무역의 중심지가 되고 싱가포르 현대화의 아버지 '리콴유' 수상의 영도로 엄청나게 발전한 도시국가이다. 깨끗한 환경과 안전한 관광지로 자원이 별로 없는데도 수많은 관광객이 들르는 곳이다.

인도네시아는 포르투갈의 지배를 받은 후 네덜란드가 350년 간 지배하고, 또 다시 일본의 지배를 받다가 1945년 정부가 수립된 나라다. 수도인 자카르타는 무덥고 이렇다 할 문화유산이 없으나 회교도가 대부분인 인도네시아에서 큰 불교사원인 보로부두르 사원을 보고 신기하게 생각하였다.

세계 최대 휴양지 중의 하나인 발리섬에 도착하여 울루와뚜 절벽사원을 보고 해변가의 긴 모래사장과 야자수 나무들이 어우러져 휴양지로서 자태를 갖추고 있었다.

발리섬에서 자카르타로 돌아와 필리핀 마닐라로 떠났다. 필리핀은 스페인의 식민지이었으나 1898년 미국과 스페인 전쟁에서 미국이 승리하여 미국의 손으로 넘어갔다가 일본의 침공을 받았고 1946년에야 미국으로부터 완전 독립하였다.

필리핀은 6.25 한국전쟁시 우리나라를 많이 도와주고 우리보다 훨씬 잘 살았는데 마르코스의 오랜 독재정권과 부패로 빈국으로 전락된 것이 안타까웠다.

수도 마닐라에서는 스페인 사람들이 살았던 마을에 세운 산티아고 요새와 마닐라에서 비행기로 1시간 30분 정도 걸리는 민다나오섬의 동남쪽 도시 다바오와 서남쪽에 위치한 잠보앙가의 리잘공원이 기억에 남는다.

호주는 세계 유일의 1대륙 1국가이며 우리 남한의 77배, 유럽 전체를 합친 것보다 더 넓은 면적의 나라다. 근래에 와서 우리나라 사람들이 관광을 많이 다녀오는 호주의 시드니는 세계 3대 미항중의 하나이며, 착공에서 완공까지 14년이 걸렸다는 오페라하우스는 유려한 곡선형의 하버 브리지와 함께 호주의 상징처럼 되었다.

시드니는 문화, 외교, 경제의 중심지로서 호주의 수도로 믿는 사람이 많은 곳이다. 푸른 빛의 울창한 원시림이 있는 '블루마운틴'이 볼 만하였고, 호주 제2의 도시인 멜버른은 교육의 도시이고 작은 섬 '필립 아일랜드' 에서 해질녘 집으로 돌아오는 펭귄들의 행렬은 멋지고 볼 만한 광경이었다.

뉴질랜드 수도 오클랜드에 도착하니 도시 풍경, 기후가 호주와 비슷하고 바닷가에 유난히 많은 요트가 매여 있어 요트도시를 실감케 하였다.

북미 도시의 이모저모

① 뉴욕 맨하탄 거리에서
② 워싱턴의 한국참전기념탑 앞에서
③ 미국 페블비치 골프장에서

미국의 뉴욕과 워싱턴 DC는 설명할 필요 없이 우리나라 사람들이 많이 다녀온 도시다.

오히려 전세계인들이 가장 많이 이용하는 오헤어 공항이 있는 시카고에서 바다 같은 미시간 호수를 보고 놀랐다.

내륙지역에 어떻게 바다 같은 호수가 있을까 하는 눈을 의심했다. 미국 동남부지역의 애틀랜타와 케네디 대통령이 암살된 현장이 있는 달라스를 보고 콜럼버스가 미대륙을 발견했을 때 첫 기항지이었던 코퍼스 크리스티는 조그마한 도시이었다.

플로리다주의 남쪽 도시 마이애미의 한 상점에서 T셔츠를 샀는데 'Made in Korea' 상표를 보고 감개무량하였다.

미 서부지역에 있는 샌프란시스코의 금문교, 사막의 화려한 도시 라스베가스, 부연설명이 필요 없는 LA, 깨끗하고 우아한 도시 샌디에이고에서는 'Sea world' 수족관이 기억에 남는다.

캐나다 제1의 도시 토론토는 조용하고 깨끗하며 바다같이 넓은 온타리오 호수와 553m 높이의 CN 타워가 인상적이었다.

캐나다의 수도 오타와와 캐나다 제2의 도시 몬트리올은 프랑스계를 대표하는 도시답게 원색이 난무하고 생기발랄한 도시이었다.

'천둥소리를 내는 물' 이라는 뜻의 이름을 가진 '나이아가라' 폭포에서는 자욱한 물안개와 영롱한 무지개에 휩싸인 신비감을 느꼈다. 캐나다 서부에 있는 밴쿠버는 세계 4대 미항중 하나이며 캐나다 3대 도시 중의 하나다. 스탠리 공원과 사시사철 세계 각국의 꽃들이 만발한 밴쿠버섬의 부차드 가든과 로키자락에 자리 잡은 밴프지역의 수많은 아름다운 호수는 한 폭의 그림 같았다.

1988년 동계올림픽을 개최한 캘거리는 야경이 일품이었다.

캐나다 빅토리아시를 배경으로

캐나다 빅토리아시의 버차드 가든에서

이름도 생소한 남미의 도시들

중미지역 멕시코의 수도 멕시코시티에서는 검은 색들로 포장된 소칼로 광장과 해발 2300m 높이인데도 전혀 높은 지대의 도시라는 것을 인식하지 못하였다.

남미지역 베네수엘라의 수도 카라카스에는 물 값이 석유 값보다 비싸고 도시 중심부를 제외하고는 헐벗은 산등성이와 판잣집들이 즐비하여 6.25 한국전쟁 후 서울 주변에 자리한 높은 지대의 판자촌

멕시코시의 세계3대 성당 앞에서

베네주엘라 수도 시내에서

① 브라질 리오의 해변도시에서
② 브라질의 유명한 설탕빵 산을 배경으로
③ 브라질의 이과수 폭포를 배경으로
④ 브라질 리오의 예수동상 앞에서

과 다를 게 없었다. 풍부한 석유자원이 있는데도 오랜 독재정권과 사회주의 이념, 정정불안, 치안불안이 끊이지 않는다고 들었다.

카라카스에서 밤에 출발하는 비행기를 타고 브라질의 상파울루로 떠났다.

인구 1500만 명, 남미 최대의 도시 브라질의 상파울루에서 이틀을 지내고 세계 3대 미항중의 하나인 리우데자네이루로 갔다. 코르코바도 언덕에 있는 40m 높이의 거대한 예수 동상이 인상 깊었고,

세계 최대의 폭포라는 이름처럼 폭 4km, 낙차 80m의 이과수폭포는 크고 작은 폭포 300개가 층을 이루며 이어져 있는 모습은 과히 장관이었다.

1995년 10월 나는 이과수폭포를 보고 아르헨티나 수도인 부에노스 아이레스에 도착했다. 우리나라에서 직선적으로 땅을 파고 들어가면 아르헨티나에 다다른다는 바로 그 나라다.

아르헨티나는 스페인과 이탈리아계 백인이 97%이며 그 외는 주로 백인과 인디오의 혼혈인이 살고 있어 마치 유럽의 어느 도시에 온 느낌이었다. 시내 길가의 즐비한 카페와 정열적인 탱고춤 공연을 본 것이 지금도 생생하다.

아르헨티나에서 3일간 체류 후 안데스산맥을 넘어 칠레의 수도 산티아고에 도착했는데 스페인 식민지이었던 터라 도시는 역시 서구풍이었다.

남미대륙의 태평양연안에 자리 잡은 칠레는 남북의 거리가

①

②

③

① 아르헨티나 수도의 영웅동상 앞에서
② 칠레의 항구도시 VAIPARISOA에서
③ 칠레 산티아고 남단의 PUCON지역에서

4,329㎞이고 동서의 폭은 평균 175㎞ 밖에 되지 않는 좁고 긴 나라이며 사계절이 있으나 때로는 스모그가 심한 나라다.

지금까지 인상 깊었던 일은 화산을 보기 위해 산티아고에서 비행기로 3시간 걸리는 남미의 끝 도시 리오그란데에 도착했을 때 현지인 가이드가 우리나라 기아자동차를 갖고 와서 무척 반가웠다.

사람들이 사는 세상

– 세계를 돌아본 감상

내가 수박 겉핥기식 여행이지만 몇 번의 개인적인 여행과 KOTRA 감사로 재직시 짬을 내어 돌아본 60여 개 국 80여 개 도시는 나에겐 무엇과도 바꿀 수 없는 큰 행운이었다.

세계 각국의 도시들은 그 나라의 역사와 문화, 그리고 전통에 따라 달랐다.

북미(北美)의 캐나다와 미국은 역사는 길지 않지만 웅장한 대자연의 신비로움과 풍요한 모습이 각 곳에 묻어 있고, 북유럽과 영국, 프랑스 등의 유럽 나라들은 오랜 역사와 함께 고풍스럽고 장엄한 면모가 특이하였다.

네덜란드, 스페인, 포르투갈 등의 나라는 해양국가로 세계 도처에 식민지를 두었던 나라들로 자부심이 강한 듯하였고, 이탈리아나 그리스 등은 한때 제국을 건설하여 많은 민족을 지배하였던 자존심이 풍기고 있었다.

아시아 국가들은 일본을 제외하고 비교적 순박한 민족들이었으

① 스페인의 수도 광장에서
② 스페인 세고비아의 백설공주 성에서
③ 포르투갈의 아세아, 유럽의 맨끝지점에서
(CABO DA ROCA)
④ 스페인의진몰자 계곡에서
(세계 최대 십자가 150m)

나 중국의 오기스럽고 거만한 모습은 오랜 역사의 잔재인 것 같았다. 동남아 국가들은 신생국가들로서 주어진 환경에 맞추어 살아가는 듯하였다. 제일 억울한 것은 강대국 사이에 끼이어 항상 불안한 운명을 맞는 우리나라의 처지가 안쓰럽기만 하였다.

그러나 봄, 여름, 가을, 겨울이 있고 금수강산을 가진 우리나라가 제일 살기 좋은 나라인 것을 자랑스럽게 생각하고 싶다.

끝으로 바쁜 틈을 내어 정성껏 안내해 준 KOTRA 직원들에게 감사한 마음을 전하고 싶다.

뉴욕 자유의 여신상 앞에서 아내와 함께

캐나다 나이아가라 폭포 앞에서 아내와 함께

① 회갑 기념 아내와 함께
② 서귀포 정방폭포에서 아내와 함께
③ 제주 서귀포에서
④ 제주 승마장에서

앞줄 왼쪽부터 손녀(이정), 필자, 외손자(윤재), 딸(성희), 아내, 손자(도윤)
뒷줄 왼쪽부터 외손녀(소미), 사위, 아들, 며느리

| 맺는 말 |

절반의 성공에 감사하며

누구나 어렸을 때는 꿈이 많다. 나도 꿈이 많았다.

그 많은 꿈중에서 군인의 길을 택하여 육군사관학교를 졸업하고 강원도 사태리 계곡지역에서 휴전선을 지키는 GP 소대장을 시작으로 지휘자의 첫 발을 내디디었다.

맹호부대 선발대원으로 월남전에 참전하여 Nam Tang 지역에서 심리전과 대민사업의 성과로 월남파병 최초로 부자(父子) 베트콩을 귀순시켰다.

Phu-Cat 지역에서는 고 강재구 소령의 이름을 딴 재구촌을 건설하여 국내외 매스컴에 크게 보도되어 한국군의 작전 성과 못지않게 대민사업 및 심리전의 상공사례로 한국군의 위상을 제고시키기도 하였다.

중부전선과 험준한 동부전선에서 철책선을 지키는 GOP 대대장과 연대장을 마쳤다.

때로는 지하벙커에서 부하들과 밤을 새우고 라면으로 끼니를 때우면서 제1 야전군사령부 작전과장직을 수행하기도 하였다.

강원도 양구지역에서 사단장으로 수많은 부하들과 생사고락을 같이 하면서 35년이란 세월의 흐름 속에서 절반의 성공을 거두었다고 생각한다.

또한 나를 낳으시고 고생을 하시며 8남매를 기르신 우리 어머니, 아들의 성공을 염원하시며 눈을 감으신 우리 어머니, 내가 군생활 중 어려운 고비를 만날 때마다 나의 신앙같이 느껴지셨던 우리 어머니. 하늘나라에서 아들의 이만한 성공을 기뻐하실 우리 어머니께 말과 글로 표현할 수 없는 자식의 정을 드리고 싶다.

한편 군생활에서 언제나 따뜻하게 지도하여 주시고 돌보아 주신 이한림(李翰林) 장군, 김용휴(金容烋) 장군, 이재전(李在田) 장군, 박준병(朴俊炳) 장군, 이해영(李海英) 장군, 이종구(李鍾九) 장군 등에게 무한한 감사를 드린다.

또한 나와 결혼하여 이 책을 쓰기까지 아내 홍성숙(洪性淑)의 내조와 건강하고 티 없이 성장한 아들 성원(聖元), 딸 성희(聖喜), 며느리 은경(恩敬), 사위 인(仁)이가 고맙고 나의 뒤를 이어나갈 손자 도윤(度潤), 손녀 이정(怡廷), 외손자 윤재(潤材), 외손녀 소미(昭米)가 내가 못다 이룬 꿈과 미완성의 여운(餘韻)을 채워 주리라고 믿는다.

권준택 자전적 에세이
미완성의 여운을 남기고
•
지은이 / 권준택
발행인 / 김영란
발행처 / **한누리미디어**
디자인 / 지선숙
•
08303, 서울시 구로구 구로중앙로18길 40, 2층(구로동)
전화 / (02)379-4514, 379-4519
Fax / (02)379-4516
E-mail/hannury2003@hanmail.net
•
신고번호 / 제 25100-2016-000025호
신고연월일 / 2016. 4. 11
등록일 / 1993. 11. 4
•
초판발행일 / 2020년 4월 25일
•

값 15,000원
•
※잘못된 책은 바꿔드립니다.
※저자와의 협약으로 인지는 생략합니다.
•
ISBN 978-89-7969-822-0 03810